투명 소녀의 여행

Three Pennies

Text copyright ⓒ 2017 by Melanie Crowder
Jacket illustration copyright ⓒ 2017 by Victo Nga
First published by ATHENEUM BOOKS FOR YOUNG READERS,
an imprint of Simon & Schuster Children's Publishing Division
Published by arrangement with Erin Murphy Literary Agency, Inc. through Rights People, London.

KOREAN language edition ⓒ 2019 by GARAMCHILD
KOREAN translation rights arranged with c/o Erin Murphy Literary Agency, Inc. c/o Rights People.

그리고
상상날개
1

투명 소녀의 여행

2019년 12월 10일 초판 1쇄 발행

지은이 멜라니 크라우더
옮긴이 최지원

편집 이성애
마케팅 한명규
교정·교열 정다은
디자인 김성엽의 디자인모아

발행인 한성문
발행처 숲의전설

출판등록 2002년 9월 16일 제2002-000291호
주소 서울시 마포구 망원로71 자연빌딩 302호
전화 02-323-2160(영업부) 02-323-4116(편집부) | **팩스** 02-323-2170
전자우편 garambook@garambook.com | **블로그** blog.naver.com/garamchild1577
페이스북 www.facebook.com/garamchildbook | **인스타그램** www.instagram.com/garamchildbook
트위터 twitter.com/garamchildbook 유튜브 가람어린이출판사 채널

ISBN 979-11-968101-1-2 04840
ISBN 979-11-968101-0-5(세트)

책의 내용과 그림을 출판사와 저자의 허락없이 인용하거나 발췌하는 것을 금합니다.

잘못 만들어진 책은 바꿔드립니다.
책값은 뒤표지에 있습니다.

숲의 전설은 가람어린이 출판사의 청소년 교양 문학 브랜드입니다.

이 도서의 국립중앙도서관 출판예정도서목록(CIP)은 서지정보유통지원시스템 홈페이지(http://seoji.nl.go.kr)와 국가
자료공동목록시스템(http://www.nl.go.kr/kolisnet)에서 이용하실 수 있습니다.(CIP제어번호: CIP201046776)

투명 소녀의 여행

멜라니 크라우더 지음 | **최지원** 옮김

숲의전설

작가의 말

현재 미국에서는 약 40만 명의 아이들이 위탁 보호를 받고 있습니다. 친부모를 다시 만나게 되는 아이들도 있지만, 새로운 가정에 입양되는 아이들도 있습니다.

안타깝게도, 위탁 가정을 떠나야 하는 나이가 되면 가족의 사랑과 지원을 받지 못한 채 홀로 성인이 됩니다.

위탁 아동들은 저마다 다른 경험을 합니다. 마린의 이야기는 그중 하나일 뿐이죠. 비록 허구의 캐릭터이긴 하지만요. 분명한 사실은 누구나 존재감을 느끼고, 가치를 인정받고, 사랑받고 싶은 욕구가 있다는 것입니다.

이 책을 쓰면서 위탁과 입양 절차에 드는 시간을 앞당기고 구체적인 내용을 수정한 부분이 있습니다. 이 분야에서 일하시는 분들은 제 작은 표현의 자유를 부디 용서해 주시길 바랍니다.

마린과 루시, 길다와 수개월을 함께하면서(물론 부엉이까지), 이 캐릭터들은 제 마음속에 아주 특별한 자리를 차지하게 되었습니다.

세상에는 이 이야기의 또 다른 모습으로 살아가는 실제 위탁 아동들이 많다는 것을 기억해 주시길 바랍니다.

또한 위탁 혹은 입양 부모님과 사회복지사 분들도 계시죠. 아이들이 희망과 기회, 그리고 마땅히 받아야 할 사랑이 가득한 삶을 살 수 있도록 도와주시는 분들의 노고에 감사드립니다.

멜라니 크라우더

차례

1
마린의 질문

낡은 빅토리아풍 주택의 퀴퀴한 다락방에 깡마른 소녀가 있었다. 소녀는 스테인드글라스 창문 곁에 무릎을 꿇고 앉았다. 채색 유리창으로 햇빛이 스며들어 왔다. 그 집은 지반이 약해진 탓에, 움직임이 있을 때마다 마치 신음하듯 삐걱거렸다.

샌프란시스코에서 여름은 안개의 계절로 불렸다. 여름이면 아이들은 스프링클러에서 뿜어지는 물줄기 사이로 달음박질치거나, 밧줄에 매달려 푸른 호수로 시원하게 뛰어들었다. 하지만 오늘 같은 날, 그러니까 7월 23일에도 마린은 집에 틀어박혀 있었다.

마린이 무릎을 꿇자, 백 년도 더 된 나무 바닥이 삐걱 소리를 냈다. 소녀는 앙상한 어깨에 줄무늬 카디건을 걸치고 두꺼운 면양말을 무릎까지 당겨 신고 있었다. 눈썹을 살짝 찡그린 소녀의 얼굴은 그날 오후 해야 할 일이 얼마나 중요한지를 드러내고 있었다.

마린은 소리 내어 질문을 던졌다. 가냘픈 목소리가 좁은 다락방에 겨우 울려 퍼졌다. 1센트 동전 세 개를 가볍게 던져 바닥에 떨어뜨렸다. 그리고 무릎 옆에 놓여 있는 작은 책을 들여다보았다. 유교 경전인 『주역』이었다. 책등에 유독 갈라진 부분이 있었는데, 얼마나 많이 봤던지 그 페이지가 저절로 펼쳐질 정도였다. 소녀는 수첩에 뭔가를 메모하고 다시 동전을 모아 쥐었다.

그렇게 여섯 번이나 동전을 던졌다. 매번 동전을 던진 후에는 수첩에 메모를 했다.

안개가 잔뜩 몰려와 소용돌이무늬 처마를 타고 올라 다락방 창문으로 들이쳤다. 『주역』이 내놓는 답을 직접 확인하겠다는 듯이.

2
연통 부엉이의 고민

부엉이는 야행성 동물이다. 다들 그렇게 말한다. 대도시에
사는 이 부엉이는 종종 대낮의 밝은 빛과 밤에 반짝이는 조
명을 헷갈려 한다. 이 녀석은 높은 건물의 양철 연통에 살고
있었다. 오늘도 퇴근 시간에 시끄럽게 울려 대는 자동차 경적
소리와 눈부신 전조등 불빛에 잠이 깼다. 눈을 껌뻑이며 저
아래 왕복 차선에 줄줄이 늘어선 자동차들, 잰걸음으로 인도
를 오가거나 차에서 오르내리며 집으로 돌아가는 사람들을
내려다보았다.

부엉부엉. 그에게도 한때는 집이 있었다.

부엉이는 어린 시절을 떠올렸다. 높은 삼나무에서 떨어진 적이 있었는데, 훗날 그의 스승님이 되어 준 할아버지에게 발견되어 목숨을 건질 수 있었다. 스승님은 뒤틀린 날개깃을 부목으로 고정시켜 주었다. 비행 연습을 할 수 있을 만큼 튼튼해질 때까지 대나무로 짠 새장에서 지냈던 기억도 났다. 가장 소중한 추억은 날마다 스승님과 함께 했던 수업 시간이었다. 스승님은 날개 달린 자그마한 제자에게 삶의 지혜를 가르쳐 주었다.

'이제 스승님도 돌아가셨으니, 그만 도시를 떠나 조용한 북쪽 숲으로 가야 할까?'

부엉이는 고민이 되었다. 두 날개는 날아가고 싶었지만, 마음은 아직 도시에 붙잡혀 있었다.

부엉이는 생각했다.

'부엉부엉, 두 마리 토끼를 쫓다간 둘 다 놓치고 말지.'

3
길다 블랙본은
원칙주의자

주택가 건너편에는 사무실들이 모여 있는 큰 건물이 있었다. 그곳 칸막이가 쳐진 사무실에서 길다 블랙본은 책상에 쌓인 서류철 더미를 노려보고 있었다. 얼룩진 낙타색 카펫 위로 스타킹 신은 다리를 쭉 뻗은 채. 왼쪽에는 그날 아침 출근할 때 신고 온 테니스화가, 오른쪽에는 외근을 나갈 때만 신는 할인점 하이힐이 놓여 있었다.

길다는 발가락을 한껏 오그라뜨리더니 한 발을 다른 발 위에 걸치고 한숨을 푹 내쉬었다. 손가락으로 부스스한 붉은색 머리카락을 후벼 파듯 빗어 댔는데, 단단히 엉킨 부분에 손가락이 걸려 더는 빗질을 못하게 되고서야 그만두었다.

지난 목요일, 쉴라가 공황 발작을 일으키며 책상 서랍을 빼내 창밖으로 뒤엎어 그 안에 있는 것들을 죄다 쏟아 버렸다. 하지만 그건 길다의 잘못이 아니었다. 프레드릭은 온라인 데이트 사이트에서 클럽 회사의 상속녀를 만나, 지난 가을에 회사를 나가 버렸다. 하지만 이 역시 길다의 잘못은 아니었다. 동료들이 회사를 그만둔 것에 대해 그녀의 책임은 전혀 없었다. 그런데도 그들이 내팽개치고 간 일들은 모두 그녀가 떠맡아야 했다. 너무 힘들어서, 할인점 하이힐 따위는 문서 파쇄기에 갈아 버리고 사표를 던질까 하는 생각도 여러 번 해봤다.

길다는 위탁 가정의 아이들을 체스판 말처럼 이리저리 옮기는 일이 싫었다. 오랫동안 법적 분쟁을 해야 하고 끝없이 법원 심리를 하는 것도 괴로웠다. 그중에서도 가장 힘들었던 건 가정 폭력이 일어난 곳에 불려 가 아이를 격리시키는 일이었다. 물론 이 직업은 길다가 선택한 것이고, 그녀와 잘 맞는 면이 있기도 했다.

길다가 근무하는 정부 기관인 아동보호국은 부모와 격리된 아동의 복지를 감독하는 곳으로, 엄격한 규정에 따라 운영되었다. 길다 블랙본은 지독한 원칙주의자였다.

4
우두둑 우두둑

두 개의 거대한 바위가 서로 스쳐 지나가고 있었다. 도시 저 아래, 흙과 콘크리트와 수많은 자동차 아래, 타 버린 연립 주택과 마차 차고와 케이블카의 잔해 아래, 기반암이 있는 곳보다 더 아래 밑바닥에서.

그 속도는 고속도로를 미끄러지듯 달리는 자동차나, 도개교를 지나가는 배에 비하면 느렸다. 같은 공간을 동시에 차지할 수 없는 두 물체가 비껴가려는 느낌이 들었다.

우두둑 우두둑.

그러다 이따금 세게 덜컹이거나 서로를 난폭하게 긁으면,

도시는 흔들리고 무너져 내렸다. 오랫동안 서로를 밀어내던 힘이 마침내 터져 버린 것이다.

일종의 불완전한 분출이었다.

아직은 그런 분출이 일어날 때가 아니었다.

하지만 조만간…….

곧.

5
루시가 바라는 것

땅 위 도시에서는 한 여자가 높은 창문 앞에 서 있었다.

좋은 일, 중요한 일을 하는 여자였다. 원할 때면 언제든 친구들을 초대해 집 안 가득 웃음소리가 넘치게 했다. 그녀의 마음은 따스했고, 삶은 풍요로웠다. 그리고 간절히 바라는 게 있었다.

머그잔을 감싸 쥐고 노르스름한 차를 호오 불었다. 유리창에 김이 서리자, 창문마다 불빛들이 켜지던 낡은 빅토리아풍 주택들과 높은 아파트들이 뿌옇게 흐려 보였다.

저 안에서는 가족들이 저녁 식탁에 둘러앉아 시끌벅적한

시간을 보내고 있을 터였다. 서로 텔레비전 리모컨을 차지하느라, 저마다 어떤 음식이 먹고 싶다고 목소리를 높이느라, 밤에 어떤 보드게임을 할지 정하느라고 말이다.

루시는 어깨너머로 고개를 돌려 복도 끝의 닫힌 문을 바라보지 않았다. 정교한 크리스털 손잡이가 달린 문이었다. 대신에 그녀는 창에 서렸던 김이 가장자리부터 서서히 사그라지는 동시에 또렷하게 드러나는 도시 풍경을 바라보았다.

그렇게 창밖을 내다보며 소원을 되뇌었다.

6
투명 소녀

마린은 지난 몇 년간, 위탁된 가정에서 지켜야 할 생존 수칙을 터득했다.

하나. 위탁 부모님을 성가시게 하거나, 화나게 하거나, 짜증나게 하거나, 귀찮게 하지 않는다.

둘. 다른 위탁 아동들과 싸우지 않는다. (이 수칙을 지킬 수 있는 유일한 방법은 그들을 피하는 것뿐이라, 마린은 그대로 했다.)

셋. '친엄마가 데리러 오길 기다리고 있다'라는 말은 어느 누구에게도, 어떤 상황에서도 절대 하지 않는다.

이 세 가지를 한마디로 요약하면 이렇다.

'투명인간 되기.'

그런 삶은 어쩐지 외로울 것 같다는 생각이 든다면, 그렇다. 마린에게는 정말로 친구가 하나도 없었다. 멀리 떠나서도 연락을 이어 갈 친구를 사귈 만큼 한 학교에 오래 다녀 본 적이 없었다.

마린에게는 자신을 사랑해 주는 사람이 아무도 없었다. 밥도 많이 먹지 않았다. 말소리는 속삭임에 가까울 정도로 아주 작았다. 뭔가 바라는 게 있지만 스스로 얻을 수 없다면 그냥 포기해 버렸다.

물론 이 모든 건 엄마와 함께 살아갈 그날을 위한 준비 과정이었다. 엄마가 돌아오면 자신의 딸이 어떤 공간도 별로 차지하지 않을 정도로 존재감이 없다는 걸 알게 되겠지. 그렇다면 이번에는 마린을 데리고 사는 게 힘들지 않을 거라고 생각할지도 모른다.

7
세 번째 기억

기억은 변하고 흐려지면서 한데 섞여 버리는 경향이 있다. 마린이 네 살이었을 때에는 엄마에 관한 기억이 수백 가지나 되었다. 그 기억들은 눈을 감을 때마다 눈꺼풀 아래에서 헤엄쳐 다녔다. 함께 풀밭에서 소풍을 즐기고, 별 아래에서 잠들고, 해가 뜰 때까지 울려 퍼지는 북소리를 듣고, 파도가 밀려와 사암 절벽에 부딪히는 풍경을 바라보던 기억들.

하지만 마린이 열한 살이 되었을 때 남은 기억이라곤 달랑 세 가지였다. 첫 번째 기억은 세 살짜리 마린이 푸른 잔디밭에 누워 있을 때 엄마가 담요를 덮어 주던 것이다. 엄마의 얼굴이 해를 가리고 있었는데, 바람에 흩날리던 머리카락이 가닥가닥 빛나며 머리 전체를 금빛 고리처럼 두르고 있었다. 짙은 갈색의 구불구불한 머리카락 한 줌이 아래로 늘어져 흔들리자, 마린은 포동포동한 손가락을 뻗어 그 끝을 붙잡았다.

두 번째 기억은 마린이 집에 있던 돼지 저금통에 5센트 동전을 넣었을 때 들었던 잔소리다.

"넌 왜 돈처럼 의미 없는 걸 모으려고 하니?"

엄마가 돼지 저금통을 흔들었다. 동전 하나가 짤랑짤랑 소리를 내며 돌아다니자, 엄마는 화가 난 듯 한숨을 내쉬었다.

"이 저금통은 소원만 넣는 거야. 다른 건 안 돼."

세 번째는 엄마가 떠나던 날의 기억이다. 슬그머니 사라져 버린 기억들 중 뭐라도 괜찮으니, 그중 하나와 당장 맞바꾸고 싶은 기억이다. 하지만 그 기억은 마린의 가슴에 아로새겨져 있었다. 까진 무릎을 계속 침대 모서리에 부딪히거나 땅에 박으면 상처가 사라지지 않는 것처럼 말이다.

8
입양을 원하는 후보자들

    길다의 책상 한구석에는 서류철들이 높게 쌓여 있었다. 금방이라도 쓰러질 것 같은 서류철들을 보던 그녀는 가장 위에 있던 걸 집어 들었다. 두꺼운 표지를 열어 내용을 읽어 내려갔다.

이름 : 마린 그린

나이 : 11세

처음 위탁될 때 나이 : 4세

보호 사유 : 버려짐

다른 가족 : 없음

이전 보호처 : 위탁 가정 셋. 아동 보호 시설 둘

참고 사항 : 곧 친부모의 친권이 종료됨(부모가 미성년자인 자녀에 대해 갖는 권리와 의무가 사라진다는 뜻이다.)

열한 살은 입양되기가 어려운 나이였다. 대부분은 영유아를 입양하려고 했다. 볼이 통통하고 다리도 포동포동하고, 그 무엇보다도 눈망울이 초롱초롱하니까. 그와 달리 열 살, 열한 살, 열두 살이 되는 아이들의 눈은 슬퍼 보였다. 그들의 앙다문 입은 꼭 이렇게 말하는 것 같았다.

"당신을 믿어도 될지 잘 모르겠어요."

길다는 한숨을 내쉬었다. 클립이 꽂힌 서류 뭉치를 들어 앞장에 붙어 있던 분홍색 메모지를 떼어 냈다. 거기에는 '입양부모 후보들'이라고 쓰여 있었다. 그녀는 짤막한 메모를 해 가며 서류를 한 장 한 장 넘겼다.

첫 번째 후보는 친자녀들을 다 키워 독립시킨 중년 부부였다. 둘만 지내면 홀가분할 줄 알았는데 예상과 달리 집이 너무 휑한 느낌이 들었다고 한다.

두 번째 후보는 가족이 여섯 명이나 되었다. 그런데도 아이를 입양하고 싶은 이유는 가족 수를 행운의 숫자인 7로 만들고 싶어서라고 했다.

세 번째 후보는 독신 여성이었다. 의사였지만 일이 많지는 않았다.

이 서류철은 공황 발작을 일으켰던 동료인 쉴라가 보던 것이었는데, 그녀는 이 여성의 사진 옆에 별표를 해 놓았다.

'글쎄, 별표를 달아 놓을 만큼 괜찮을지 두고 보자고.'

길다는 서류들을 다시 한데 모아 툭툭 치면서 모서리를 맞춘 다음, 클립 자국이 있던 위치에 정확히 클립을 다시 꽂아 서류철에 넣었다. 겨드랑이 사이로 서류철을 끼우고, 발가락을 한번 꼼지락거리다가 하이힐에 구겨 넣었다.

입양 절차는 규정에 따라 진행해야 한다. 길다는 마린을 직접 만나 보기로 했다.

9
위탁 가정

샌프란시스코는 물가가 엄청나게 비싼 도시였다. 어떤 사람들은 밤늦게까지 일하면서 힘겹게 살아갔다. 낡고 좁은 아파트를 빌려 친구들 대여섯 명이 함께 모여 살기도 했다. 드물기는 하지만, 위탁 아동을 맡아 주 정부에서 주는 양육 보조금으로 집세를 내며 살아가는 사람들도 있었다. 그러니까, 그들에게 위탁 아동은 '사람'이 아니라 '돈'인 셈이었다. 이런 집에서는 어떤 아이라도 살고 싶지 않을 것이다.

마린은 여러 위탁 가정을 옮겨 다녀야 했다. 어떤 곳이 좋았고 어떤 곳이 싫었는지를 묻는 건 별로 의미가 없었다. 다

힘들었기 때문이다. 그래서 어떤 가정에 가더라도 좋은 환경은 아닐 거라고 생각했다. 여기서 또 다른 곳으로 가게 된다면? 그때야말로 엄마가 드디어 자신을 데리러 오는 날이 될 거라고 기대했다.

"다시 엄마와 함께 살 수 있다면! 그럼 오랫동안 소원을 빌면서 지낸 날들이 헛되지 않을 거야."

마린이 중얼거렸다.

소원을 되뇌일 때마다 딱딱하고 쓴 약을 억지로 삼키는 듯한 기분이 들었다. 하지만 엄마와 함께 살게 된다면야 그런 찝찝한 기분도 얼마든지 견뎌 낼 수 있었다.

마린은 욕실에서 작은 육포 봉지에 칫솔을 넣으며 뿌연 거울에 비친 자신의 모습을 빤히 쳐다보았다.

'엄마는 왜 떠났을까?'

지금까지 이런 생각을 하지 않으려고 얼마나 노력했는지 모른다. 물론 그보다 더 끔찍한 질문을 하지 않으려고 이를 악물어야 했다.

'엄마는 왜 단 한 번도 날 찾아오지 않는 걸까?'

하지만 이런 집에서 살다 보면 문득문득 그런 의문이 솟구쳐 올랐다. 혼자서는 빼내지 못할 정도로 깊이, 손가락에 박혀 버린 가시처럼 아프게. 걷고 말하는 '돈' 취급을 받으면서

살게 되면 그런 생각이 저절로 떠오를 수밖에 없었다.

마린은 양치 거품을 뱉고 물을 머금어 오로록 오로록 헹군 다음 뱉어 냈다. 그리고 욕실을 나와 복도를 살금살금 지나 소녀들 셋과 함께 쓰는 방으로 갔다. 빼꼼 열린 방문 사이로 보니 소녀들이 머리를 맞대고 뭔가를 읽고 있었다. 작고 모서리가 둥근 책이었다. 그것은 마린의 『주역』이었다.

투명인간으로 지내는 것이 아무런 도움이 되지 않을 때도 있었다. 아이들에게 무시 당하기 쉬웠다.

"돌려줘!"

마린이 소리치며 책을 향해 달려갔다.

하지만 애슐리는 아랑곳하지 않았다. 키가 컸던 그 아이는 책을 치켜들었다. 키 작은 마린이 폴짝폴짝 뛰어 봤자 소용 없었다.

"저런 낡은 책으로 뭘 하려고?"

베키가 물었다.

"줴네 엄마 책이겠지."

앰버가 말했다. 앞니가 많이 벌어진 탓에 'ㅈ' 발음이 새어 나와 '쟤네'가 '줴네'로 들렸다.

마린은 애슐리의 팔을 잡아 끌어당겼다. 하지만 애슐리는 비웃으며 책을 베키에게 던졌다.

"뺏고 싶으면 빼앗아 봐."

책을 잡아든 베키가 놀리듯 휘저었다.

"넌 이거 읽지도 못할 걸."

베키가 두 손을 높이 뻗어 책을 펼치고는 글씨를 읽느라 눈을 가늘게 떴다.

"'과도한 것은…….' 과도하다는 게 무슨 말이야?"

시큰둥한 목소리로 한 줄도 채 읽지 않고 책을 탁 덮어 버렸다.

"책 속에 엄마를 찾을 방법이 있다고 한심한 생각을 하는 거겠지."

앰버가 말했다.

"쟤네 엄마가 어디 있는진 아무도 몰라. 한 번 버려지면 끝이야. 아무도 안 찾으러 온다고."

애슐리가 짝다리를 하고 허리에 한 손을 얹으며 말했다.

"그 사람들이 전화로 얘기하는 거 내가 들었어."

베키가 말했다. 여기서 '그 사람들'은 지금 살고 있는 집의 위탁 부모였다.

"쟤네 엄마가 딸을 원하지 않는다나 봐. 영영 안 찾을 거라던데."

마린은 이층 침대의 사다리에 올라서서 키 큰 베키의 얼굴

을 맞대고 소리쳤다.

"거짓말쟁이!"

그러고는 한 발을 뻗어 베키의 정강이를 걷어찼다.

"악!"

베키가 정강이를 붙잡고 데굴데굴 구르며 울부짖었다.

그 사이 마린은 책을 낚아채 달아났다.

10
돼지 저금통과 『주역』

　어떻게 엄마라는 사람이 그럴 수 있을까?

　어떻게 네 살짜리 딸을 두고 떠날 수 있는지 이상하게 생각하는 사람들도 있을 것이다. 착하고 귀여운 딸을, 볼이 발그레하고 머리카락을 총총 땋아 내린 예쁜 딸을 어떻게 버릴 수 있지? 좋은 질문이다. 그에 대한 답을 한다면 이렇다. 임신했다고 해서 누구나 아이를 키울 준비가 되어 있는 건 아니라는 것.

　안타깝지만, 마린의 엄마도 그런 사람이었다.

　그녀는 세 가지를 남겨 두고 떠났다. 머리카락을 땋은 딸,

도기로 된 돼지 저금통, 작은 책 『주역』. 돼지 저금통과 책은 마린이 위탁 가정을 이리저리 옮겨 다닐 때에도 늘 낡은 여행 가방에 담겨 있었다. 가방에는 잠옷과 갈아입을 옷 몇 벌, 그리고 운이 좋을 때에는 칫솔도 들어 있었다.

돼지 저금통을 만지면 톡톡 튀어나온 부분들이 있었다. 도자기를 만들 때 덧바르는 유약이 쌀알처럼 곳곳에 굳어져 있었기 때문이다. 배 부분에는 마개가 없었다. 플라스틱 마개도, 코르크 마개도 없었다. 뭔가 들어가면 저금통을 깨지 않는 이상 영원히 뺄 수 없었다. 저금통에는 5센트짜리 동전 하나가 돌아다니며 쨍그랑거리는 소리가 들렸다. 그리고 마린이 한 번이라도 저금통을 귓가에 대고 흔들어 봤다면, 부스럭거리는 희미한 소리를 들었을 것이다.

『주역』은 마린이 틈만 나면 보는 책이었다. 지난 수천 년 동안 많은 학자들이 이 책에 담긴 지혜를 연구해 왔다. 그리고 세계 곳곳의 수많은 사람들이 어려움을 겪을 때 지혜를 얻기 위해 이 책을 읽었다.

마린은 하루에도 수십 번 이 책을 읽고 돼지 저금통을 만지며 소중히 다뤘다. 상상 속 친구가 필요한 외로운 날에는 저금통인 돼지를 동무 삼아 놀았을 테고, 글 읽기 연습을 하기 위해 엄마의 책을 집어 들었을 테니까. 다른 아이들이 그림책 속 고양이, 모자, 접시에 담긴 생선을 읽고 발음할 때 마린은 뜻도 모르는 단어들을 한 음절 한 음절 읊었다.

"혀업-동. 유우-익-함. 위이-허엄."

어쩌면 『주역』은 마린의 엄마에게 그리 특별한 책이 아니었을지도 모른다. 혹은 아동 보호 시설에서 소녀의 낡은 가방에 우연히 딸려 들어갔을지도 모른다. 물론 아닐 수도 있다.

마린의 머릿속에는 '왜?' 또는 '어떻게?'로 시작되는 질문들이 너무 많았다. 그러다 언제부터인가 몇몇 질문들을 더는 하지 않게 되었다. 그 질문들에 대해 자신이 생각한 답을 사실로 믿었기 때문이다. 그러니까 그 답은 마린의 마음속에서 진실이 되었다.

그중의 하나가 이것이다.

'이건 엄마 책이었으니까, 엄마에게 돌아가는 길을 보여 줄 거야.'

몇 년 전부터 마린은 그렇게 믿고 있었다.

11

진짜 집을 찾아 줄게

『주역』은 사람들이 궁금해 하는 것들에 대해 답을 알려 준
다. 정확하게는 4,096개의 해답이 들어 있다.

그 해답은 단순히 '그렇다' 혹은 '아니다'로 되어 있지 않
다. 그렇다면 어떤 답을 줄까? 예를 들면 이랬다.

"세상에서 제일 시끄러운 여자애들이 살고 있는 최악의 위
탁 가정에서 도망친다면 어떻게 될까요?"

마린이 물으면, 책은 이런 답을 내놓을 것이다.

"참아라."

"아동보호국 사무실에 몰래 들어가 엄마에 관한 기록을 찾

아내는 건 어떨까요?"

그러면 책은 이렇게 답을 주었다.

"물러서라."

7월 23일, 오늘도 그랬다. 마린이 다락방 나무 바닥에 동전 세 개를 던졌을 때, 책이 준 답은 이것이었다.

"맞서라."

이건 도대체 무슨 뜻일까? 말다툼을 하라는 걸까? 경찰이 출동할 정도로 소동을 피우란 걸까? 아니면 그저 사소한 다툼이 일어난다는 걸까? 하지만 책은 좀처럼 자세한 답을 알려 주진 않았다.

마린은 사다리를 타고 다락방을 내려왔다. 삐걱대는 계단을 내려와 거실로 향하는 동안에도 생각에 푹 잠겨 있었다.

'대체 뭘 어떻게 맞서라는 거지?'

『주역』이 알려 준 답을 골똘히 생각하느라 계단도 보는 둥 마는 둥 하며 발을 내디뎠다.

얼마나 정신이 팔렸으면, 거실 소파에 누군가 앉아 있는 것도 알아차리지 못했다. 밝은 색 웃옷에 무릎까지 오는 치마를 입은 여자였다. 그녀의 허벅지 위에는 서류철이 놓여 있었다. 서류가 얼마나 많이 끼워져 있었는지, 등이 휘어진 서류철에선 금방이라도 종이들이 쏟아질 것 같았다.

마린은 계단 난간을 움켜쥐고 한 발을 마지막 계단에 걸친 채 얼음이 된 듯 멈춰 섰다.

'서류철! 아무리 멀리 있어도 저건 알아볼 수 있지.'

『주역』이 일러 준 '맞서라'는 것이 무슨 뜻인지 깨달았다. 마린은 책을 청치마 뒷주머니에 찔러 넣었다. 그리고 계단을 마저 내려와 거실로 들어갔다. 걸음이 워낙 가벼워 발소리도 들리지 않았다. 아무에게도 들키지 않고 소리 없이 걸어 다니는 건 마린의 특기였다.

마린은 사회복지사 길다의 맞은편 안락의자에 앉았다. 피곤한 얼굴로 왼쪽 하이힐에 묻은 얼룩을 닦고 있던 길다는 그제야 인기척을 느끼고 고개를 들었다. 놀란 그녀는 잠시 눈을 끔뻑이며 앞에 있는 소녀를 바라보았다.

"아, 네가 마린이구나?"

길다가 물었다.

"네. 그런데 쉴라 복지사님은 안 오셨네요."

"이런, 미안하게 됐구나. 쉴라는 일을 그만뒀어. 오늘부터 내가 널 맡게 됐단다."

길다는 낡은 탁자 위로 몸을 기울이며 손을 뻗었다.

"길다 블랙본이야. 만나서 반가워."

마린이 자리에서 일어나 길다의 손을 잡고 악수를 했다. 그들은 서로가 어떤 사람인지를 탐색하듯 뚫어져라 바라보며 다시 자리에 앉았다.

그때 천장을 타고 시끄러운 소리가 온 집 안에 울려 퍼졌다. 이 집에 살고 있는 일곱 명의 아이들이 왁자하게 떠들고 쿵쿵대는 소리였다. 얼마나 발을 굴리며 뛰어다니는 건지, 60년대 스타일의 샹들리에에 쌓여 있던 먼지가 길다의 부스스한 머리 위로 떨어졌다.

"집이 아주 북적북적하는구나."

길다가 천장 쪽으로 눈썹을 치켜뜨며 말했다.

"네, 아주 많아요."

"그다지 오래 머물고 싶은 장소는 아닌 것 같구나."

마린이 얼굴을 찡그렸다.

"어디 보자, 다른 방법이 있을지."

길다가 서류철을 탁자 위에 올려놓았다.

"그 여자는 대체 어딜 간 거야?"

그녀가 찌푸린 얼굴로 목을 길게 빼고 복도 쪽을 바라보며 물었다. 발끝으로 바닥을 탁탁 치면서. 그 모습은 마치 자신의 말 한 마디면 위탁 엄마를 당장에라도 눈앞에 앉혀 놓을 수 있을 것처럼 보였다.

잠시 후, 길다의 관심이 다시 마린에게로 옮겨 왔다.

"마린, 이번에 가게 될 집이 아마 네가 평생 살 곳이 될 거야. 곧 포기 각서가 도착하면 필요한 서류를 작성하고 법원의 승인을 받아서……."

길다는 어린 마린이 이해할 수 없는 말들을 쉬지 않고 쏟아 냈다.

"포기 각서요?"

"아, 미안하구나. 쉴라가 얘기 안 해 줬니? 네 엄마가 친권을 포기했단다. 그러니까 넌 이제 입양될 수 있어."

마린은 무슨 말인지 못 알아듣겠다는 듯 눈만 끔뻑였다. 입양이라니? 그건 엄마가 아예 없는 아이들이나, 새로운 가족과 새로운 삶을 시작하고 싶어 하는 아이들을 위해 있는 거다.

'난, 아니라고!'

마린은 세 개의 동전이 들어 있는 카디건 주머니 속으로 한 손을 쑥 집어넣었다.

"우리 엄마랑 직접 얘기하신 거예요?"

동전을 꽉 움켜쥐자 동전 테두리가 손바닥을 파고들었다.

"엄마를 어떻게 찾았어요? 다른 사람을 잘 못 본 거 아니에요? 우리 엄마가 정말 날 포기한다고 했어요? 이제……."

소녀는 목이 메어 목소리가 갈라져 나왔다. 잠시 입술을 지그시 깨물고는 침을 삼켰다. 그리고 다시 입을 열었다.

"이젠 마린의 엄마로 살기 싫대요? 영원히?"

요란스레 흔들리던 샹들리에가 점점 제자리에 멈춰 섰고, 거실은 조용한 공기만이 감돌았다. 하지만 마린의 귓가에는 날벼락이 떨어지는 소리가 들리는 것 같았다.

"내가 직접 만나서 얘기를 나눈 건 아니야."

길다는 서류철을 펼쳐 클립이 꽂힌 서류들을 휙휙 넘겼다.

"판사님께서 친권이 종결되기 전에 네 엄마가 어디 있는지 찾아내라고 하셨어. 엄마한테 연락이 닿아서 둘 중 하나를 선택하라고 했지. 널 다시 키우던가, 아니면 입양 보낼 수 있게 친권을 포기하던가. 엄마는 친권을 포기했어. 캘리포니아 주법에 따라 필요한 모든 서류에 서명도 다 했고."

마린은 몇 번이나 숨을 크게 들이마시고 내쉬었다. 갑자기 두드러기가 퍼지듯 목덜미를 타고 오르는 뜨거운 기운이 느껴졌다. 소녀는 목덜미를 세차게 긁어 댔다.

엄마가 딸을 원하지 않는다고? 영원히? 그동안 마린에게는 엄마를 설득할 기회조차 주어지지 않았다. 그러니 아직은 엄마의 마음을 되돌릴 수 있을지도 모른다.

'그래, 아직 늦지 않았어.'

여러 해 전에 우체국장님이 도와주기만을 바라며 주소도 없는 편지를 보내고, 그 우편물들을 몽땅 되돌려 받았을 때에

도 마린은 포기하지 않았다. 아동 보호 시설에 함께 살던 아이들이 하나둘씩 가족 품으로 돌아갈 때에도 포기하지 않았다. 해마다 한 살씩 나이를 먹음에 따라 엄마와 함께 했던 기억에서 일 년씩 멀어지는 기분이 들었을 때에도 포기하지 않았다.

마린은 포기하지 않았다. 그러니 엄마도 포기했을 리가 없었다.

이제 해야 할 일은 분명했다. 소녀에게는 엄마의 책이 있었다. 그 책이 다락방에서 해 주었던 말은…….

그렇다. '맞서라.' 지금은 맞설 때였다. 이런 결심을 하자, 벽시계 소리처럼 똑딱똑딱하며 머릿속에 어떤 계획이 떠올랐다. 마린이 고개를 갸우뚱하며 물었다.

"저를 여기서 데리고 가려면, 위탁 부모님께 동의서를 받으셔야 하지 않나요?"

"그래, 맞아. 그 여자가 금방 돌아온다고 했는데 말이다. 아휴, 약속을 해 놓고도 지킬 줄 모르는 사람들이 있지……."

길다가 또각또각 하이힐 소리를 내며 거실을 가로질러 복도를 따라 집 뒤편으로 걸어가면서 말꼬리를 길게 늘어트렸다.

또각, 또각, 또각. 마린은 기다렸다. 길다의 하이힐 소리가 복도 끝 모퉁이를 돌 때까지. 소리가 점점 흐려졌을 때 안락의자에서 슬며시 몸을 돌려 복도 쪽을 엿본 다음, 잽싸게 탁자 위 서류철을 살펴보았다. 거기에는 자신의 이름, 네 살에 처음 아동보호국에 등록되었을 때 찍은 사진이 있었다. 얼굴은 너무 작고 새하얀 배경만이 꽉 찬 사진이었다. 사진 속 헬쑥하고 겁먹은 얼굴이 마린을 바라보았다.

마린은 이제 무섭다는 생각은 들지 않았다. 다만, 화가 날 뿐이었다.

'위탁 부모님, 판사님, 물론 좋은 마음으로 도와주는 사회복지사님들. 왜 이 어른들이 자기들 멋대로 내 인생을 결정하지? 내가 뭘 원하는지는 중요하지 않은 걸까?'

마린은 서류들을 최대한 빨리 읽어 넘기려고 했다. 하지만 긴장한 탓에 손이 바들바들 떨려 자꾸만 종이를 몇 겹씩 겹쳐 들었다.

'길다 복지사님이 엄마와 연락했다면 여기 어딘가에 주소가 있을 거야. 아니면 전화번호라도. 아니면 뭐든지.'

들키면 안 된다는 생각에 종이를 넘길 때마다 가슴이 쿵쾅거려 가쁜 숨을 몰아쉬었다. 집 뒤편에서 나누는 대화 소리, 길다의 하이힐 소리가 점점 가까워 오고 있었다.

길다와 위탁 엄마가 금방이라도 복도 모퉁이를 돌아서 나와 마린을 발견할지도 몰랐다.

"끙."

마린이 신음하며 서류철을 덮었다. 종이 모서리가 삐죽삐죽 튀어나와 있었다. 길다가 자리를 뜨기 전의 깔끔한 상태와는 거리가 멀었다. 그녀들의 목소리가 점점 더 또렷하게 들려왔다.

"하지만 집세를 내려면 여덟 명의 양육 보조금이 필요해요. 저 아이를 데려갈 거라면 이번 주말까지 다른 아이를 보내주세요."

위탁 엄마의 말에 길다의 하이힐 소리가 갑자기 멈추더니 몸을 휙 돌리는 듯 바닥 긁히는 소리가 났다. 그건 마치 위탁 엄마에게 덤벼들 것 같은 소리였다.

"아동보호국은……."

마린은 여기저기 삐져나온 서류들을 가지런히 정돈하려고 종이 모서리를 가볍게 두드렸다. 가슴이 더욱 두방망이질을 쳤다.

"당신들에게 돈을 벌어다 주는 기관이 아닙니다."

마린이 서류철을 덮고 재빨리 안락의자에 앉았다. 길다는 제자리에 돌아오는 순간 서류를 뒤진 걸 눈치챌 것이다. 소녀는 원하는 정보를 손에 넣지도 못했다. 실패다. 다시는 엄마를 만나지 못할 것이다.

"당신이 이전처럼 넉넉한 생활을 할 수 있게 도와주는 곳
이 아니라고요."

그냥 서류철을 들고 도망쳐야 할까? 그런다고 해도 저 사
람들이 뭘 어떻게 할 수 있을까? 이 집에 남아 있어야 할까?
다른 위탁 가정으로 가야 할까? 그게 뭐든, 결국 엄마와 함께
하지 못하고 낯선 사람에게 입양되는 것보단 나았다.

"가정 위탁은 아동을 안전하게……."

갑자기 거센 바람이 불어와 현관문을 열어젖혔다. 복도에
서, 계단에서, 복도 모퉁이 너머에서, 사방에서 바람이 휘몰
아쳐 왔다. 바람은 마린의 창백한 목을 타고 카디건 깃을 지
나 이마를 휙 지나갔다. 복도 끝에 놓인 시들시들한 고무나무
의 이파리도 흔들어 댔다.

"보호하기 위해서만 있는 제도예요. 그럼 이만 실례하죠."

바람은 서류철도 휙 열어젖혔다. 그러자 묶여 있던 종이들
이 거실을 춤추듯 빙글빙글 돌더니 뒤죽박죽 섞인 채로 내려
앉았다.

"길다 복지사님!"

마린이 외쳤다.

거실로 들어서는 길다의 머리카락이 바람에 위로 휘날렸

다가 오른쪽으로 홱 쏠렸다. 마치 허리케인에 휩싸인 열기구 처럼.

"문 닫으세요!"

그러자 위탁 엄마가 현관 쪽으로 후다닥 달려갔다.

마린은 어지럽게 흩어진 법원 서류와 보고서 위에 무릎을 꿇고 앉았다.

"제가 도와드릴게요."

서류를 아주 천천히 모으는 마린의 얼굴에는 보일 듯 말 듯한 미소가 피어올랐다.

'저 사람이 보면 원래 동작이 굼뜬가 보다 할 거야. 모서리 를 깔끔히 맞춰 차곡차곡 정리하느라, 서류를 모으는 데 오래 걸리는구나 하겠지.'

다시 한 번 기회가 주어졌다. 이번에는 절대로 실수하지 않 을 것이다.

서류에는 어린아이가 봐서는 안 되는 내용이 적혀 있었다. 길다가 조금만 더 정신을 차렸더라면, 마린이 서류 줍는 걸 돕게 해서는 안 되었다는 사실을 깨달았을 것이다. 하지만 잘 정리되어 있던 서류들이 순식간에 휘날려 낙엽처럼 뿔뿔이 흩어져 있는 걸 보는 순간 이래저래 생각할 정신이 없었다.

길다가 사방팔방으로 날아간 서류들을 모으는 동안, 마린은 탁자 아래로 기어들어 가 등을 돌린 채 아무런 방해 없이 서류들 몇 장을 살펴보았다. 이전에 지냈던 위탁 가정들에 관한 기록에는 코딱지만큼도 관심이 없었다. 물론 자신의 신체나 정신 건강에 대한 기록도 필요 없었다.

마린은 고개를 돌려 길다 쪽을 힐끗 쳐다보았다. 이제 시간이 별로 없었다. 서둘러 마지막 몇 장을 넘겨보았다. 그리고 마침내 전화번호 하나를 발견했다. 원래 찾던 번호는 아니었지만 그래도 괜찮았다. 이거라면 어떻게든 될 것이다.

서류에는 이런 기록이 있었다.

위탁 등록일 : 2010년 6월 7일

아동 이름 : 마린 그린

위탁 신청자 : 탈룰라 월터 (415) 555-0136

아동과의 관계 : 엄마의 친구

신청 이유 : 마지막 남은 친척이 양육 거부

마린은 그 종이를 접어 카디건 주머니에 쑤셔 넣었다. 그러고는 탁자에서 다시 기어 나와 나머지 서류들을 길다에게 건네주었다. 길다는 여전히 구시렁거리며 불평을 쏟아 내고 있었다.

"대체 법원은 뭘 보고 저런 여자를 위탁 부모로 결정해 준 거야? 잘못해도 너무 잘못한 거지."

마린은 길다를 현관 밖까지 배웅해 주었다. 길다는 뒤도 돌아보지 않고 사무실로 향했다. 서류는 뒤죽박죽이 되었고 위탁 부모는 마음에 들지 않아 기분이 영 별로였던 탓이다. 그게 아니라면 한 번쯤은 마린을 돌아봤을지도 모른다. 소녀의 앙상한 어깨에 손을 얹고 주근깨 많은 코 쪽을 내려다보며 이렇게 말해 주었을지도 모른다.

"마린, 내가 널 여기에서 나가게 해 줄게. 너에게 진짜 집을 찾아 줄 거야. 믿을 만한 엄마가 살고 있는 진짜 집. 약속할게."

물론 그런 말이 목까지 차오른다고 해도, 입 밖으로 내지는 않았을 것이다. 길다 블랙본은 입양 분야의 전문가였다. 자상한 말보다는 완벽한 일 처리로 능력을 보여 주는 사람이었다.

12
숨겨 온 기억

탈룰라 월터. 마린이 아는 이름이었다. 성까지는 몰라도 이름은 알고 있었다. 엄마에 관한 세 번째 기억과 얽혀 있는 이름이었다.

잊고 싶어도 잊지 못하는 기억. 그래서 마음속 가장 어두운 구석에 조심스럽게 숨겨 온 기억.

그날의 기억이 아주 작은 부분까지 하나하나 떠올랐다.

마린은 카펫 위에 엎드려 필름 통을 장난감 블록처럼 쌓아 올리고 있었다. 엄마는 좁은 방 안을 왔다 갔다 하고 있었다. 엄마가 움직일 때마다 낡은 나무 바닥이 삐걱댔다.

창문에는 커튼 대신에 바틱(인도네시아의 전통 천. 수공 염색으로 독특한 무늬를 낸다)이 걸려 있었다. 햇빛이 쏟아져 들어와 주황색, 적갈색, 초록색으로 된 천의 기하학무늬가 반대편 벽에 그대로 비쳤다.

"서머, 그렇게 무작정 며칠씩 나갔다 오면 어쩌자는 거야? 넌 저 아이의 엄마야. 아이에게는 엄마가 필요하다고."

금발을 길게 땋아 내린 탈룰라가 말했다.

"애는 괜찮아!"

서머가 소리를 지르며 우겨 댔다. 그러고는 마린을 내려다보며 손가락으로 가리켰다.

"저걸 봐. 쟤가 뭘 더 원하겠어?"

"애한테는 엄마가 필요해. 늘 곁에 있으면서 보살펴 줄 엄마."

"내 일에 신경 꺼, 탈룰라! 내가 말했잖아. 난 못…….."

"그래도 해야지! 넌 이제 혼자가 아니잖아. 딸을 둔 엄마라고."

"네가 뭘 알아? 나라고 마음이 편할 것 같아?"

서머는 등을 돌려 벽난로 선반에 두 손을 짚으며 고개를 떨어뜨렸다. 양 볼을 부풀리며 코로 숨을 들이마셨다가, 입을 벌려 폐 속 깊은 곳에서부터 푸후우 하고 숨을 내뱉었다.

"좋아."

이윽고 두 사람을 돌아보며 말했다.

"그럼 네가 저 애를 돌봐. 엄마 노릇이라면 네가 나보다 낫
겠지."

그렇게 서머는 집을 나갔다. 성큼성큼 내딛는 발걸음 뒤로
하늘하늘한 치맛자락이 흩날렸다. 현관 방충문이 쾅 닫힐 때
치마 끝이 문틈에 살짝 끼었다가 이내 스르르 빠져나갔다.

탈룰라는 얼른 서머를 뒤따라가며 돌아오라고 애원했다.
하지만 아무런 소용이 없었다.

마린의 엄마는 떠나 버렸다.

13
떠나야 할 이유들

왜 도시를 떠나려고 하지?

그 이유를 묻는다면 부엉이는 망설임 없이 술술 말할 수 있었다.

헤어진다고 해서 딱히 아쉬워할 친구도 없다. 숲에서 살게 되면, 다쳤던 날개로 힘겹게 날아다닐 필요가 없다. 멀리 가지 않아도 쉽게 먹이를 구할 수 있을 테니까. 높다란 삼나무에는 움푹 파인 구멍이 많으니, 힘들 땐 그 안에서 편히 쉴 수도 있다. 안개가 지붕처럼 숲을 덮어 주면 몸을 숨기기도 좋을 것이다.

부엉부엉, 부엉이는 계속 생각했다.

부엉부엉.

정말이지, 아무리 따져 봐도 도시에 남을 이유가 없었다.

14
쉴라의 별표

사무실로 돌아온 길다는 세 군데에 전화를 걸었다. 입양을 원하는 후보자들이었다. 우선은 친자녀들을 다 키워 독립시킨 중년 부부에게 연락했다. 그들은 사랑스러운 부부이긴 했다.

'그런데 남편이 숨을 쉴 때마다 너무 심하게 쌕쌕 소리를 내면 어쩌지? 부인은 좀 신경질쟁이일 것 같던데. 뭐, 아닐 수도 있지……. 하지만 진짜 그렇다면? 열한 살짜리 아이를 키우는 건 어렵겠어.'

이번에는 여섯 가족이 살고 있는 집에 전화를 했다. 그런데 통화를 하는 중간중간에 자꾸만 대화가 끊겼다. 수화기 너머로 누군가가 팔꿈치로 퍽 치는 소리, 장난감을 빼앗아 달아나는 소리, 울부짖는 소리가 계속 들려왔다. 길다는 이마를 꾹 누르며, 그 상황을 좀 참아 보겠다는 듯 눈을 여러 번 깜빡였다. 답답한 마음에 카펫 위로 발을 구르기도 했다. 저렇게 시끄럽고 어수선한 집에 어린 소녀를 보낸다면 적응하지 못할 것이 뻔했다.

　마지막으로 의사에게 전화를 걸었다. 그녀는 길다의 질문에 정확하고 또렷하게 답했다. 숨소리도 가쁘지 않았고, 성격이 까다로운 것 같지도 않았다. 정신 사나운 소음도 들리지 않았다. 집을 방문하고 싶은데 언제쯤이 좋겠느냐고 물었더니, 서로 약속을 잡기 좋도록 몇몇 날짜를 알려 주었다.

　길다는 약속 날짜를 잡고 수화기를 내려놓았다. 그리고 쉴라가 의사의 프로필에 해 둔 별표를 바라보았다. 그녀가 창문 밖으로 서랍을 엎어 버리기 전에 해 놓은 일이었다. 그 사건 이후 곧장 그만두었기 때문에 사회복지사로서의 경력이 짧아졌지만, 아무래도 쉴라의 예감이 맞을 것 같다는 생각이 들었다.

15

새로운 엄마 같은 건
필요 없어

위탁 아동들로 시끌벅적한 집 안에서 뭔가를 조용히 해내려면, 시시하고 재미없는 아이로 보여야 한다. 마린은 책을 들고 거실 소파에 푹 기대어 몸을 파묻었다. 한쪽으로는 현관문, 다른 쪽으로는 주방 벽에 걸린 전화기가 보이는 위치였다. 위탁 엄마가 볼일을 보고 오겠다며 현관문을 쾅 닫고 나갈 때에도 관심 없는 척 책만 넘겨보고 있었다. 일곱 명의 아이들이 위층이나 현관 계단, 한 블록 거리에 있는 공원으로 제각각 흩어질 때에도 마찬가지였다.

그렇게 해서 마지막 한 명까지 사라지자, 마린은 주방으로 돌진했다. 스툴 의자를 끌어와 무릎을 꿇고 올라가 수화기를 들었다. 귀에 댄 수화기를 어깨로 받치고, 호주머니에 넣어 두었던 종이를 꺼냈다. 숫자 하나하나를 두 번씩이나 확인하며 번호를 눌렀다.

그러고는 종이를 다시 접어 호주머니에 넣었다. 늘어진 전화선이 꿈틀거리는 게 보였다. 불안한 마음에 전화기를 두 손으로 꼭 붙잡았다.

"받아라, 받아라, 받아라……."

마린은 주문을 걸 듯 중얼거렸다.

신호가 세 번째 울리자 마침내 수화기 너머로 걸걸한 목소리가 튀어나왔다.

"여보세요?"

'잠깐만. 뭐라고 말해야 하지?'

어떤 말부터 꺼내야 할지, 그걸 미리 생각하지 못했다.

"어, 탈룰라 씨 계신가요?"

"누구?"

"탈룰라 월터 씨요. 예전에……."

"잘 못 걸었어."

뚝.

마린은 발꿈치 위로 털썩 주저앉았다. 탈룰라가 유일한 희망이었는데.

온몸이 으스스 떨렸다. 오래된 집들은 여기저기 손볼 데가 많다. 고치지 않고 내버려 두면 틈이 생겨 바깥바람이 들어온다. 지금 마린의 목덜미를 서늘하게 한 공기는 집 뒤편에서 덜컹거리는 창문으로 들어왔을 것이다. 날이 갈수록 문과 문틀 사이를 더 벌려 놓고 있는, 유난히 매서운 바람 때문일지도 모르겠다.

뚜뚜뚜뚜.

멍하니 들고 있던 수화기에서 신호음이 새어 나왔다. 마린은 얼른 수화기를 제자리에 갖다 놓았다. 전화기 주변은 벽지가 벗겨져 누런 돌벽이 흉측하게 드러나 있었다. 벽 모서리의 이음매도 바닥에서 천장까지 다 찢어져 너덜거렸다.

마린은 눈을 질끈 감았다. 이제 더는 뾰족한 계획이 없었다. 뭔가 떠오른다고 해도 그걸 해낼 수 있는 시간이 없었다.

마린의 마음속에는 늘 희망이라는 작은 문이 있었다. 완전히 닫히지 않도록 언제나 받침대를 괴어 둔 문이었다. 그런데 지금 이 순간, 그 문이 쾅 하고 닫혀 버렸다. 그뿐만 아니라 거대한 바위가 굴러와 문 앞을 막아 버렸다. 마린은 숨이 턱 막혔다. 바윗덩어리가 가슴을 짓누르는 것만 같았다. 머릿속이 새하얘져 아무런 생각도 떠오르지 않았다. 손가락 하나도 까딱할 수 없었다.

"여기서 뭐 하는 거야?"

마린은 소스라치게 놀랐다. 스툴에서 얼른 미끄러지듯 내려왔는데, 다리에 힘이 풀려 비틀거렸다. 베키였다.

'그래, 또 너구나, 이 얄미운 계집애.'

"전화 써도 된다고 허락 받았어? 내가 다 이를 거야."

"맘대로 해."

마린은 베키를 쳐다보지도 않은 채 쌩 하니 주방에서 나왔다. 위탁 엄마한테 혼나도 상관없었다. 조만간 사회복지사에게서 영원히 엄마가 되어 주겠다는 사람을 소개 받을 테니까.

하지만 오랫동안 간직해 온 소망을 아직은 포기하고 싶지 않았다. 새로운 엄마 같은 건 필요 없었다.

'탈룰라 아줌마를 찾아낼 방법이 분명 있을 거야. 그 방법만 알아내면 돼.'

16

좋은 보호자

길다 블랙본은 쉽게 기가 죽는 사람이 아니었다. 가끔씩 아동보호법을 자신과 다르게 해석하는 경찰관을 만나도 눈 하나 깜빡하지 않고 맞섰다. 여기저기 총구멍이 나고 바퀴벌레가 들끓는 건물도 겁 없이 드나들었다. 그런데 건물 앞쪽이 모두 유리로 된 아파트 앞에 서 있자니 왠지 모르게 긴장되었다. 루시 챙의 아파트였다. 하이힐 속에서 발가락이 말려들어갔다.

"길다 씨, 루시 선생님께서 기다리고 계십니다."

친절한 도어맨이 흰 장갑을 낀 손으로 엘리베이터 버튼을 눌러 주었다. 엘리베이터는 흠잡을 데가 없었다. 높은 층까지 올라가는 동안 한순간도 삐걱거리거나 흔들리지 않았다. 그래서 더더욱, 길다는 자신이 초라하게 느껴졌다. 상냥한 도어맨과 안전한 엘리베이터를 갖춘 아파트와는 거리가 먼 자신이 꾀죄죄해 보였다.

몇 층인지를 알려 주는 엘리베이터 조작반에 점점 더 큰 숫자들이 새겨졌다. 길다는 옷매무새를 다듬었다. 루시가 보호자로서 자격이 있는지를 판단하는 사람은 길다였다. 그러니 기죽을 필요가 없었다. 그녀에게는 해야 할 일이 있었다. 엘리베이터가 꼭대기 층에서 멈춰 섰다. 꼭대기 층에는 집이 하나밖에 없었다.

땡 소리와 함께 엘리베이터 문이 열리자, 좁은 복도가 나타났다. 문은 두 개뿐이었다. 하나는 계단으로 통했고, 다른 하나는 초인종 위에 황동으로 된 알파벳 P자가 붙어 있었다. P는 펜트하우스(높은 건물의 꼭대기 층에 있는 고급 아파트)를 뜻하는 글자였다. 복도 천장을 유리로 만들어 하늘이 보였다. 복도마저도 우아한 아파트였다.

현관문이 열리고 마침내 만나게 된 루시는 웃는 모습이 사랑스러운 사람이었다. 그녀는 길다를 집 안으로 안내했다. 구불구불한 검은색 머리카락이 실크 블라우스를 살짝 스치며 출렁거렸다. 길다는 루시를 따라 현관 문턱을 넘어섰다. 집 안으로 발을 디딘 순간, 하이힐이 푹신한 카펫 속으로 빨려 들어가는 것 같았다.

'우와! 카펫이 이렇게 부드럽다니. 신발을 벗고 피곤한 발을 파묻으면 얼마나 기분이 좋을까?'

하이힐도, 스타킹도 다 벗어던지고 발가락을 자유롭게 움직이고 싶었다. 하지만 이런 카펫이나 값비싼 원목 가구에 마음이 흔들려서는 안 된다. 높은 창문 너머로 안개 낀 항만이 보였다. 저런 아름다운 경치에 빠져 마음이 넘어가서는 더더욱 안 될 일이었다.

"물이라도 좀 드시겠어요? 아니면 주스를 드릴까요? 커피도 있긴 한데, 커피는 제가 병원에서 워낙 많이 마시거든요. 온종일 커피로 된 수액 주머니를 꽂고 다닌다고 보시면 돼요. 그래서 집에서는 웬만하면 차를 마시죠. 물론 원하신다면 커피를 내려 드릴 수도 있어요."

루시는 평소와 달리 쓸데없는 말들을 쏟아 냈다. 더는 그런 말들이 나오지 않도록 입술을 지그시 깨물었다.

길다는 루시가 긴장하고 있다는 걸 눈치챘다. 하지만 '이렇게 잘난 사람이 내 앞에서 떨고 있다니'라며 우쭐해 하지는 않기로 했다. 정말 그렇게 하려고 노력했다.

"캘리포니아 북부에 있는 건물 치고는 유리가 너무 많은 것 같은데, 안전한가요?"

"그럼요. 지진을 견딜 만큼 튼튼하다고 인정받은 건물이에요. 창문이 깨져도 괜찮아요. 안전한 유리로 돼 있거든요. 자, 집을 둘러보셔도 돼요, 여기저기."

길다는 주방부터 자세히 살펴봤다.

'청소용품은? 보관함에 넣어 잠가 뒀군. 식칼은? 아이 손이 안 닿는 위치에 있고.'

식탁은 두 사람이 식사할 수 있도록 세팅되어 있었다. 한쪽에 놓인 식기는 방금 닦은 것처럼 반짝반짝 빛났지만, 다른 식기는 오랫동안 사용하지 않은 티가 났다. 거실에는 가구가 많지 않았다. 소파와 안락의자는 둘 다 가스 벽난로 쪽으로 놓여 있었다. 벽난로 위에는 커다란 액자가 걸려 있었다.

"멋지네요!"

길다가 감탄했다. 업무 때문에 만났다고 해서 꼭 딱딱하게 굴 필요는 없으니까.

"아, 감사해요. 저희 할머니 작품이에요. 그림 솜씨가 좋으셨죠."

루시가 함박웃음을 지었다.

길다는 몇 걸음 뒤로 물러섰다. 그러고는 혼자서 좁은 복도

를 지나 화장실과 루시의 침실, 서재를 둘러보았다. 거기에서 몸을 돌리자 마지막 문이 나왔다. 정교하게 조각된 크리스털 손잡이가 달려 있었다.

길다 블랙본은 객관적이고 이성적이며 올바른 사람이었다. 그러니 눈에 보이는 것만으로, 루시가 마린의 엄마가 될 수 있는지 없는지를 판단하진 않을 것이다. 절대로.

크리스털 손잡이 문을 열고 방으로 들어섰다. 벽은 아무것도 없이 깨끗했다. 작은 장식장 속 서랍들은 모두 비어 있었다. 밝은 조명이 달린 옷장도 텅 비어 있었다. 조명은 어린아이도 쉽게 불을 켤 수 있도록 줄이 달린 것이었다. 트윈 사이즈 침대는 가지런하게 정돈되어 있었다. 새 시트에는 주름 자국이 그대로 남아 있었는데, 포장될 때 접혔던 부분이었다. 그 방은 깔끔하게 비어 있었다. 어서 주인이 오길 기다리면서.

인기척이 느껴져 돌아보니, 루시가 문에 기대어 서 있었다. 루시는 장식장의 열린 서랍들을 멍하니 바라보고 있었다. 그녀의 표정도 어깨만큼이나 축 처져 있었다. 그 모습을 보자, 길다의 마음이 아주 조금 누그러졌다.

루시가 코를 한 번 훌쩍이더니, 이내 자세를 바로잡으며 물었다.

"더 보고 싶은 게 있으신가요?"

"아니요, 괜찮아요."

길다가 대답했다.

"잠시 앉아서 같이 차라도 마실까요?"

길다는 왼손으로 머그잔에 담긴 티백을 올렸다 내렸다 하며 차를 우려냈다. 그리고 오른손으로는 노란색 노트에 뭔가를 적어 내려갔다. 맞은편에 앉은 루시는 일부러 노트 쪽으로 시선을 두지 않았다. 그녀가 뭘 쓰고 있는지 힐끔거리는 것처럼 보이지 않으려고.

"으흠, 으흠."

길다가 목소리를 가다듬었다. 이제 마지막 질문을 할 차례였다. 가장 중요한 질문.

"루시, 자신이 마린 그린 양을 입양하기에 적합한 보호자라고 생각하시나요?"

루시는 찻잔을 내려놓고 초조한 듯 집게손가락으로 입술을 매만졌다.

"저도 제가 적합한 보호자였으면 좋겠어요. 하지만 정말로 그런지는 저도 잘 모르겠네요."

그러고는 몸을 앞으로 기울여 양 팔꿈치로 탁자를 짚고 찻잔을 다시 들어올렸다. 하지만 차를 마시지 않고, 고개를 돌려 말을 이었다.

"병원에서는 그런 경우가 종종 있어요. 의사가 자신의 개인적인 경험과 의학적인 지식을 다 짜내 봐도 해결책이 안 서는 일이 있죠. 그런 어려운 문제에 부딪히면 여러 사람들이 머리를 맞대야 해요. 여러 분야의 전문가들이 회의실에 모여 의견을 나눠요."

루시가 뭔가 셈을 하듯 눈을 가늘게 떴다.

"직원 수로 따지면 아동보호국보다 우리 쪽이 더 많을 거예요. 그래도 결과는 비슷하게 나올 거예요. 정말로 열심히 고민하고 새로운 시각으로 바라보면 해결책이 나올 때도 있죠. 하지만 그 반대인 경우도 있어요. 아무리 많은 사람이 함께 고민을 해봐도 해결하지 못하는 문제가 있잖아요."

길다는 노트에서 시선을 거둬 고개를 들고는 펜에 뚜껑을 꽂았다. 루시는 차를 한 모금 마시더니 잔을 살살 흔들어 바닥에 가라앉은 찻잎을 띄웠다.

"제가 마린에게 적합한 보호자인지, 아닌지는 길다 씨가 판단하시겠죠."

루시가 간절한 눈빛으로 길다를 바라보았다.

"물론 저는 진심으로 좋은 보호자가 되고 싶어요. 하지만 제 뜻대로 되는 건 아니니까요."

17
이젠 반대로 행동해야 돼

쌀쌀한 수요일 오후, 마린은 길다와 함께 루시를 만나기 위해 공원으로 왔다. 정각 세 시였다. 푸른 잔디와 달리 하늘은 회색빛이었다. 두꺼운 구름 사이로 파란빛이 언뜻언뜻 보일 뿐이었다.

"의사라고요?"

이미 늘어서 알고 있는 사실이었지만, 마린은 또 물었다.

"그래."

길다가 소녀의 어깨를 토닥이며 말했다.

"아주 좋은 분이야. 똑똑하다고 잘난 척하는 사람도 아니고."

"저를 입양하고 싶대요?"

"두 사람이 서로 잘 맞으면. 응, 그리고 싶어 하셔."

저만치서 다가오는 사람이 루시일까?

마린은 그녀의 모습을 지켜보았다. 한눈에도 긴장하고 있다는 걸 알아차릴 수 있었다. 루시는 손끝을 입으로 가져가 손톱을 물어뜯다가, 양손을 얼른 주머니에 쑤셔 넣기를 반복하고 있었다.

'왜 저래?'

마린은 시큰둥한 표정을 지었지만, 사실 소녀도 잔뜩 긴장해 있었다.

"안녕하세요, 길다. 안녕, 마린."

루시가 인사를 했다.

"둘 다 반가워요."

마린은 대답하지 않았다. 그동안 위탁 아동으로 지내면서 지켜 온 규칙이었다. 가만히 있으면 된다고. 조용히 있으면 된다고. 그러면 다루기 쉬운 아이로 여겨져, 엄마가 다시 데리러 올 거라고 믿었다. 그 때문에 건드리면 픽 하고 쓰러질 것처럼 빼빼 마른 몸을 유지하고 쥐 죽은 듯 조용히 지내 왔다.

그런데 지금 그런 노력들이 물거품이 되려 하고 있었다. 다른 여자가 엄마의 자리를 대신하겠다고 나서고 있었다. 엄마

를 만나서 이야기할 기회조차 없었는데, 엄마에게 다시 데려
가 달라고 애원하지도 못했는데…….

이럴 수는 없었다.

어떻게 해야 할까?

지금까지 얌전히 투명인간처럼 지내 왔다면, 이제는 반대
로 행동할 때였다. '저런 아이는 입양하고 싶지 않아' 하고 절
레절레 고개를 흔들도록 만들어야 했다. 그래서 미소도 안 짓
고 인사도 안 했다.

'혹시라도 저 의사를 좋아하게 되면 어떡하지?'

마린은 그래선 안 된다고 마음을 다잡았다. 뒤꿈치로 밟히
는 돌멩이를 자신의 감정이라고 여기며 땅속 깊이 꾹 눌러
버렸다.

18

움직여야 하는 운명

샌프란시스코는 분주한 도시였다. 사람들은 빨리 걸어 다녔다. 하지만 가끔씩 바쁜 걸음을 멈추고 두 팔을 양옆으로 벌릴 때가 있었다. 발밑에서 땅이 흔들릴 때였다.

물론 땅은 도시에 피해를 주고 싶지 않았으나, 달리 방법이 없을 때도 있었다.

이 세상에는 움직일 수밖에 없는 물질들이 있었다. 그런 것들은 아무리 노력해도 가만히 멈춰 있을 수가 없었다.

지각판(지구 표면을 덮고 있는 암반)은 움직여야 하는 운명을 타고났다. 그래서 움직이는 것이다.

19
낡은 여행 가방

내일 당장 떠나야 한다면, 짐을 쌀 때 뭐가 필요할까? 커다란 이민 가방? 자동차 지붕에 다는 루프박스? 이삿짐 차량? 마린에게는 다 필요 없었다.

작은 여행 가방이면 충분했다. 거기에 소지품이 다 들어가고도 남았으니까. 갈아입을 옷 몇 벌, 잠옷으로 돌돌 말아서 감싼 돼지 저금통, 그리고 『주역』이 전부였다. 동전 세 개는 늘 그랬듯 호주머니에 넣을 것이다. 침대보를 사용하긴 했지만 그건 마린의 것이 아니었다. 수건도, 빗도, 샴푸도.

크리스마스나 생일에 자선단체에서 보내온 선물이 있긴

했다. 어떤 선물에는 '9~12세 여자아이'라고 써진 꼬리표가 그대로 붙어 있었다. 꼬리표는 그 나이의 여자아이라면 아무에게나 주어도 상관없다고 말하는 듯했다.

마린은 선물에서 이상한 냄새가 나는 것 같았다. 동정의 냄새가. 그래서 위탁 가정을 떠날 때마다 선물은 다 두고 나왔다.

위탁 엄마는 마린의 빈자리를 채우게 될 다른 아이를 위해 위층에서 침대보를 갈고 있었다. 마린은 아이들에게 작별 인사를 하지 않았다. 그들은 계단을 내려가는 마린을 뚫어져라 쳐다보았다. 누군가는 부러워하는 눈길로, 또 누군가는 질투 어린 눈길로.

마린은 낡은 집의 현관문을 닫고 나와 계단에서 길다를 기다렸다. 차로 데리러 올 줄 알았던 그녀가 길 건너편에서 성큼성큼 걸어오고 있었다. 오늘 그녀의 옷차림은 치마, 목깃 아래 단추를 채우는 셔츠, 재킷이었다. 신발은 진한 분홍색 테니스화를 신고 있었다. 스타킹에 양말을 최대한 끌어올린 채로.

'테니스화에 스타킹을 신다니.'

마린은 영 마음에 들지 않았지만, 이내 못마땅한 표정을 숨겼다.

"준비됐니?"

계단 아래에 도착한 길다가 살짝 거친 숨을 내쉬며 물었다.

"네."

마린이 두리번거렸다.

"차로 가는 거 아니었어요?"

마린은 자신의 여행 가방을 내려다보았다. 몇 블록만 끌고 가는 거라면 그렇게 힘들지는 않을 거라고 생각했다.

"케이블카를 타면 금방이야."(가파른 언덕길이 많은 샌프란시스코에는 레일을 따라 도시 안을 오가는 케이블카가 있다.)

길다가 애써 밝은 목소리를 내며 말했다.

마린은 어른들의 그런 말투가 싫었다. 재미난 일이 생길 거라고 속이는 듯한 말투. 그런 식으로 말할 때면 꼭 주사를 맞아야 하거나, 깜짝 시험을 치러야 하거나, 치과로 가야 하는 악몽 같은 일들이 기다리고 있었다.

마린은 여행 가방을 들어 대충 무게를 짐작해 보았다. 가방을 끌고 가려면 포장도로에 긁히지 않도록 약간 바깥쪽으로 기울여야 했다. 길다가 앞장서서 걷다가 모퉁이를 돌았다.

돼지 저금통은 꼼꼼하게 쌌고, 가방을 닫으면서 잠금 고리가 잘 걸린 것도 확인했다. 하지만 낡은 가방이라 언제 갑자기 활짝 열릴지도 모를 일이었다. 그렇게 되면 옷가지는 길거리에 널브러지고, 돼지 저금통은 산산조각이 날 것이다. 불안한 마음에 걷는 내내 가방을 양손으로 꼭 붙들었다. 그러다 보니 어쩔 수 없이 발을 질질 끄는 모양새가 되었다.

케이블카에 올라타서야 비로소 여행 가방을 세워 놓을 수 있었다. 날씨가 제법 쌀쌀했는데도 얼굴은 후끈거리고 온몸이 땀으로 축축해졌다. 카디건을 벗어 팔 부분을 허리에 둘러 두 번 묶었다. 객차가 덜컹이더니 느릿느릿 움직였다. 마린은 한 손으로 가방을, 다른 손으로 기둥을 붙잡았다.

안개는 어느새 멀찍이 물러나 있었다. 언덕 위에서는 안개가 저 멀리 바다에 웅크린 가느다란 회색 선으로만 보였다. 바람과 기압이 바뀌어 다시 땅으로 오르길 기다리는 거겠지. 아니면, 어서 밤이 되길 기다리거나.

케이블카에서 내리자, 완전히 다른 도시에 온 것 같았다. 구름 낀 하늘은 그대로였다. 사방이 언덕인 것도 똑같았다. 하지만 그동안 살았던, 구석구석 페인트칠이 벗겨진 낡은 주택들로 가득한 동네와는 아주 다른 곳이었다.

건물들은 하늘 높이 솟아 있었고, 거리를 오가는 사람들은 당당한 걸음으로 이리저리 바쁘게 움직이고 있었다.

길다와 함께 멈춰 선 곳은 높은 아파트 건물이었다.

"다 왔다!"

또 명랑한 척하는 목소리.

아파트로 들어서기 전에 길다는 커다란 가방을 열어 뒤축이 닳은 하이힐을 꺼냈다. 마린도 본 적이 있던 구두였다. 그녀는 테니스화와 양말을 홱 벗고는 끙끙거리며 하이힐에 발을 구겨 넣었다.

그나저나, 여기까지 왔는데도 마린은 전혀 즐거워 보이지 않았다.

"다시 한 번 말하지만, 지금은 연습 기간이라고 생각하렴. 서로 안 맞으면, 계속 여기서 지낼 필요는 없어."

소녀의 모습에 당황한 길다가 말했다.

마린은 실눈을 뜨고 건물을 올려다보았다. 창유리가 끝도 없이 이어져 있었다. 반짝이는 유리 위로 구름들이 모양을 바꾸며 흘러갔다.

"유리는 전부 안전한 거야. 걱정하지 마."

길다가 힘주어 말했다.

20
연통 부엉이의 특기

아파트 건너편, 높은 건물의 연통은 부엉이의 보금자리였다. 그곳에서 부엉이는 꼬마 소녀와 머리가 부스스한 여자가 아파트로 들어가는 모습을 지켜보았다.

부엉이는 어둠 속에서도 낮처럼 훤히 볼 수 있다. 뼈가 없는 것처럼 머리를 빙 돌려 등 뒤편을 볼 수도 있다.

연통 부엉이는 한 가지 특기가 더 있었다. 오랫동안 사람들의 세상에서 살다보니, 그들의 감정이 어떤지 알아차리는 데 선수가 되었다.

깡마른 소녀는 여자의 뒤를 망설임 없이 따라갔다. 아쉬운

듯 힐끔힐끔 뒤를 돌아보지도 않았다.

그런데 왠지 소녀가 가방을 끌고 가는 것이 아니라, 가방이 저만치 길에서부터 아파트 회전문을 지나기까지 소녀를 끌고 들어가는 것처럼 보였다.

부엉이는 부리를 딱딱 부딪쳤다.

왜 저렇게 두려워할까? 유리 회전문 뒤에서 어떤 끔찍한 일이 기다리고 있기라도 한 걸까?

부엉부엉, 부엉이는 걱정스러운 마음이 들었다.

부엉부엉.

21
혼자만의 방

길다는 아이들을 새로운 가정에 데려다줄 때마다 늘 불안했다. 첫 만남이 순조롭든, 그렇지 않든 간에 그녀는 아이를 데려다주고 나와야 했다. 아이가 예민하게 굴더라도 새로운 가족끼리 잘 풀어 나가길 바라면서 말이다. 입양에 필요한 서류도 다 작성되었고 모든 절차가 마무리되었다. 대재앙이 일어나지 않는 한, 입양을 되돌리는 일은 없을 것이다.

길다는 마린과 함께 엘리베이터에 탔다. 소녀는 양손으로 가방을 움켜쥔 채 고개를 푹 숙이고 있었다. 기분이 딱히 좋아 보이진 않았다. 긴장해서 그런 건지도 모르겠다.

맨 꼭대기 층에 이르러 루시의 집 안으로 들어갔다. 루시는 두 사람을 거실로 안내해 주었다. 루시는 마린을 내려다보았고, 마린은 창밖을 내다보았다. 길다는 그런 두 사람을 번갈아 보면서, 그들에게 알려 줘야 할 사항이 적혀 있는 종이를 서둘러 읽어 내려갔다. 입양 아동과 보호자의 관계가 시작될 때 전해 줘야 하는 내용이었다. 다 읽어 주긴 했지만 그들이 하나라도 제대로 들었는지 의문이 들었다. 길다의 임무는 여기까지였다.

세 사람은 주인을 기다리는 방으로 향했다.

방에서 루시는 치마의 엉덩이 부분을 쓸어내리며 주름을 편 다음, 두 손을 가지런히 모았다가, 이내 팔짱을 꼈다가, 한 손을 입 쪽으로 가져가 곧 엄지손톱을 뜯기 시작했다.

마린은 침대 쪽으로 걸어가더니 하얀 침대보 위에 가방을 올려놓았다. 두 어른은 아이의 공간을 침범하지 않겠다는 듯이 문 옆에 서서 가만히 지켜보았다. 소녀는 가볍게 두 손을 털더니 손가락을 최대한 활짝 폈다. 태어나 처음으로 혼자만의 방이 생겼다.

잠금 고리를 풀어 가방을 열었다. 꼭 보물 상자를 열어 보이는 것 같았다. 돌돌 말린 잠옷을 풀고 그 안에 든 돼지 저금통을 들어 한 번 흔들었다. 동전 하나가 쨍그랑 소리를 냈다.

소녀는 돼지 저금통을 장식장 위에 올리고 한 걸음 뒤로 물러섰다. 자리가 잘 잡혔는지 바라보더니 다시 앞으로 다가가 돼지 저금통을 옆으로 살짝 옮겼다. 정확히, 장식장 중간에 오도록. 그러자 하얀색 빈티지 장식장은 마치 신전 같은 분위기를 내뿜었다.

루시가 길다에게 몸을 기울이며 속삭였다.

"어떤 것 같으세요? 아이가 잘 적응할 것 같아요?"

"그건 금방 아시게 될 거예요."

길다도 작은 목소리로 대답했다.

소녀는 옷을 하나씩 개어 서랍에 넣었다. 『주역』은 호주머니에 쏙 집어넣었다. 여행 가방은 옷장에 넣었다.

방은 여전히 텅 빈 느낌이 들었다. 벽도, 침대 기둥도, 침대보도 온통 하얀색이라 더 그럴지도 모르겠다.

하지만 이제 기다림은 끝이 났다. 방주인이 생긴 것이다. 비록 마지못해 끌려온 것처럼 보이는 빼빼 마른 소녀였지만. 그 아이가 와 준 덕분에 루시의 집은 희망이 싹트기 시작했다.

22

심장에는 네 개의 방이 있대

친해지기 싫은 사람과 함께 저녁 식사를 한다는 건 정말이지 힘든 일이다. 대화가 제대로 될 리 없었다. 한쪽이 미소를 지어 보였지만, 다른 한쪽은 애써 찌푸린 얼굴을 보였다. 한쪽이 친절하게 말을 걸었지만, 다른 한쪽은 세상에서 가장 못된 말을 궁리하다가 그걸로 받아쳤다.

"네 방에 페인트칠을 할까?"

루시가 물었다.

마린은 어깨를 으쓱하고는 포크로 스파게티를 접시 가장자리로 밀어냈다. 그랬더니 접시 가운데가 분화구처럼 움푹

파였다.

"그럼, 어떤 색을 제일 좋아하니?"

"아무거나요."

루시는 눈을 끔뻑였다.

"그럼 벽지를 바르는 게 낫겠다. 내일 같이 벽지 사러 갈까? 러그랑 액자도 고르고."

"카펫 위에 러그를 또 깔아요?"

루시가 다시 눈을 끔뻑였다.

"아, 그럼 게임기는 어때? 아니면 책? 네가 뭘 좋아할지 몰라서. 고민해서 샀는데도 네 마음에 안 들까 봐⋯⋯."

"남편을 만들어서 같이 살지 그러세요?"

이건 엄청나게 버릇없는 말이었다.

물론 마린도 그걸 알고 있었다. 하지만 지금은 최대한 버르장머리 없게 보이려고 노력하는 중이었다. 그런데 아무리 못되게 굴어도 이 여자는 처음부터 끝까지 친절했다.

루시는 이쯤에서 분위기를 바꿔야겠다고 마음먹었다. 그녀는 포크를 내려놓고 냅킨으로 입술을 꾹꾹 눌러 닦았다.

"음, 나한테도 정말로 사랑하는 사람이 있었어. 그도 날 사랑했지. 그런데 말이야, 어느 날 땅이 미친 듯이 흔들렸어. 샌프란시스코는 가끔 그럴 때가 있잖니. 안타깝게도 그는 무너진 건물에서 빠져나오지 못했단다."

다른 사람에게 못되게 굴면 굴수록 자신의 마음만 아프고 슬퍼질 때가 있다.

"네……. 그래도 언젠간 다른 사람을 만날 수 있을 거예요."

하지만 이내 마린은 이렇게 말한 걸 후회했다.

'더는 아무 말도 해선 안 돼. 못된 말이든 착한 말이든.'

소녀는 포크로 스파게티를 가득 떠서 입안에 쑤셔 넣었다.

루시가 한손으로 턱을 괴어 고개를 옆으로 살짝 기울였다.

"심장은 네 개의 방으로 나뉘어 있어. 각 방은 좌심실과 우심실, 우심방과 좌심방이라고 해. 의대생들에게 물어보면 각 부분이 어떤 기능을 하는지 가르쳐 줄 거야. 수축하고 이완하면서 혈액을 들여보내고 내보낸다고 말이야. 물론 맞는 얘기야. 그런데 난 또 다른 역할을 한다고 생각해. 각 방이 서로 다른 사랑을 맡고 있는 거지. 첫 번째는 가족을 위한 방. 두 번째는 친구들을 위한 방. 세 번째는 애완동물이나 특별한 선생님, 아니면 다른 무언가를 위한 방. 그리고 마지막은 낭만적인 사랑을 위한 방. 그는 내 심장에서 그 방을 가득 채워 줬어. 벌써 오랜 시간이 지났지만, 그 방은 아직 그 사람으로 가득 차 있어. 그래서 다른 사람이 들어갈 공간이 없단다."

마린은 괜히 포크로 접시를 긁어 댔다. 한쪽으로 밀어낸 완두콩들이 구불구불 이어져 있었다. 처음 계획에서 완전히 틀어져 버렸다. 이건 생각지도 못한 결과였다.

큰일 났다. 루시가 불쌍하다는 마음이 들다니. 그건 결코 일어나선 안 되는 일이었다. 그럼 못되게 구는 게 열 배는 더 힘들어지니까 말이다. 마린은 줄줄이 완두콩들을 노려보았다.

루시는 마린이 왜 그런 표정을 짓고 있는지 알지 못했다.

'여전히 마음을 열 생각이 조금도 없는 걸까? 아니면 내 심장에 자신이 들어올 공간은 없다고 오해하는 걸까?'

루시는 포크를 집어 들고 구운 호박 쪽으로 손을 뻗으며 다시 입을 열었다.

"그래도 다른 방들은 아직 공간이 많이 남아 있어. 가족 방이랑 친구 방, 애완동물 방 말이야. 넌 어때? 심장에 빈 공간이 있니? 물론 너희 엄마를 위한 방은 누구도 침범할 수 없겠지. 하지만 애완동물 방은 어때? 고양이를 한 마리 데려와서 같이 키워 볼까?"

23
이미 알고 있는 것

"엄마의 친구인 탈룰라 아줌마를 찾게 되면 어떤 일이 벌어질까요?"

마린이 이 질문을 한 건 처음이 아니었다. 하지만 이번에는 다른 답이 나오길 바랐다.

동전 세 개를 두 손에 그러모아 흔든 다음, 책상에 던졌다. 뒷면 둘, 앞면 하나. 책에 그려진 표를 확인하고, 수첩에 가운데가 끊긴 선을 하나 그렸다. 동전을 다시 주워 들었다. 같은 질문을 하면서 다시 한 번 동전을 흔들어선 책상에 던졌다.

수첩에다 맨 처음에 그린 선 위로 다섯 개의 선을 더 그었

다. 이렇게 모인 여섯 개의 선이 '괘'(주역에 나오는 글자로 ☰, ☷ 등이 있다)였다. 마린은 괘의 모양을 살펴봤는데, 이미 알고 있는 것이었다. 그 뜻이 뭔지 알고 있었으므로 새삼스레 책을 찾아보지 않아도 되었다.

'어린 시절의 어리석음.'

이럴 때 보면 『주역』은 유머감각도 있는 책이었다.

많은 아이들이 책에서든 어디에서든, 경고의 신호를 받으면 이불을 뒤집어쓰고 몸을 웅크렸다. 베개로 귀를 틀어막고 두려움이 사그라지길 기다렸다.

하지만 마린은 그런 아이가 전혀 아니었다.

24
탈룰라 아줌마를 찾아서

다음날은 그래도 분위기가 좀 나아졌다고 해야 할까?

루시가 돼지 저금통이 좋아 보인다고 했을 때, 마린은 뾰로통한 반응을 보였다. 루시가 『주역』에 관해 궁금해 했을 때, 마린은 못 들은 척 입을 꾹 다물었다.

"아파트에 사는 다른 아이들을 초대해 볼까?"

루시가 물었다.

"산책하러 나가지 않을래?"

루시가 또다시 물었지만, 마린은 꼼짝도 하지 않았다.

오후에도 집은 쥐 죽은 듯 조용했다. 대화가 없으니 더더욱

거리감이 들었다. 병원에서 루시를 찾는 전화가 왔을 때, 마린은 자기 방으로 들어가 문을 닫았다.

루시는 혹시 필요할지도 모를 상황에 대비해서 마린에게 핸드폰을 사 주었다. 물론 마린에게는 지금 핸드폰이 딱 필요한 타이밍이었다.

엄마 친구의 전화번호가 바뀌었다고 해서 그녀를 못 찾으라는 법은 없었다. 마린은 핸드폰으로 인터넷에 접속해 화면을 몇 번 터치하고 좌우로 넘겼다. 그렇게 해서 캘리포니아 북부에 사는 탈룰라를 스물여섯 명이나 찾아냈다.

자, 시작해 볼까?

맨 처음에 검색된 탈룰라에게 먼저 전화를 걸었다. 그리고 두 번째, 세 번째…… 네 번째 탈룰라와 통화하면서부터는 자신을 제법 능숙하게 소개했다.

"안녕하세요. 탈룰라 씨 계신가요?"

상대방이 부드러운 목소리로 응해 주면, 이렇게 말을 이어 갔다. 물론 가짜 이름을 대고 거짓말을 하면서.

"저는 리즈라고 합니다. 요크 법률 사무소에서 연락 드렸습니다. 혹시, 서머 그린이라는 여성 분을 아시나요?"

소녀는 자신이 낼 수 있는 가장 무뚝뚝하고 어른스러운 목소리를 냈다. 사람들은 이런 질문을 받으면, 대부분은 어리둥

절해 하거나 귀찮아 했다. 아무 대답 없이 그냥 끊어 버리는 사람들도 있었다.

이렇게 반응하는 사람도 있었다.

"글쎄요, 서머라는 사람과 알고 지내긴 했는데, 성이 그린이 아니라 크레즈마직이었어요."

어떤 여자는 전화가 도통 안 오는 모양인지, 누군가 수화기 너머에서 말을 걸어준다는 사실에 감격하기도 했다. 그녀는 마린에게 자신이 작약을 키워 상을 탔고, 그 꽃에 진딧물을 방지하는 약을 뿌렸더니 봄이 다 가도록 생기 없이 축 늘어져 있었다고 말했다. 마린은 그 이야기를 듣는 데 삼십 분이나 날려 버렸다.

열일곱 번째 탈룰라에게 전화를 걸었을 때, 흥미로운 일이 벌어졌다. 신호음이 딱 한 번 울리자마자 상대방이 전화를 받았다.

"룰루 꽃집입니다."

"탈룰라 씨 계신가요?"

"지금은 저를 그 이름으로 부르는 사람이 없는데, 누구시죠? 저는 물건 같은 건 살 생각이 없어요."

"네? 그게 아니라, 저는 리즈라고 합니다. 요크 법률 사무소에서 연락 드렸습니다. 혹시, 서머 그린이라는 여성 분을 아시나요?"

"그런 건 왜 물으시죠? 리즈 씨라고요?"

"네, 그게……, 저희가 지금 서류를 정리 중인데요, 그러니까……, 고객의 비상 연락처를 업데이트할 시기가 돼서요."

"제 번호를 알려 드리기 싫다면요?"

"저기, 그러지 마시고 그냥 알려 주시면 대단히 감사하……."

소녀의 말이 채 끝나기도 전에 건너편에서 너무도 익숙한 이름을 부르며 되물었다.

"마린, 너니?"

마린은 깜짝 놀라 핸드폰을 침대 위로 던져 버렸다. 핸드폰 저편에서 탈룰라의 목소리가 계속 들려왔다. 소녀는 떨리는 손으로 핸드폰을 들어 종료 버튼을 눌렀다.

25

웬 돌보미?

"좋은 소식이 있어."

루시가 식탁에 조개 크림수프 두 그릇을 내려놓으며 말했다.

"내가 병원에 가 있는 동안, 너랑 같이 있어 줄 돌보미를 찾았단다."

수프에 담긴 크루통을 떠서 막 입에 갖다 넣으려던 마린이 순간 얼어붙었다.

웬 돌보미?

"전 아기가 아니에요. 아기 돌보미는 필요 없어요."

"물론 넌 혼자서도 잘 있겠지."

루시가 의자를 끌어당기고 앉아 무릎에 냅킨을 얹었다.

"하지만 네 곁에 어른이 있어야, 내가 안심하고 일할 것 같아. 게다가 너랑 나, 우리는 지금 연습 기간을 거치고 있잖아. 네가 이 집에서 안전하게 지낸다는 걸 증명해야 하거든."

그녀는 아스파라거스를 몇 개 들어 올려 자신의 앞접시에 놓았다.

"그리고 넌 여기서 계속 지내고 싶은지 아닌지 결정해야지."

마린은 크루통을 입안에 밀어 넣었다. 크루통은 수프에 푹 젖어서 씹을 필요도 없이 스르르 녹아내렸다. 소녀는 걸쭉한 크루통을 꿀꺽 삼키자마자 다시 한 번 가득 퍼서 입안에 넣었다.

이 집에서 빠져나갈 수만 있다면 무슨 짓이든 할 것이다. 하지만 이 친절한 여자에게 그런 말을 어떻게 할 수 있을까? 차라리 물컹물컹한 크루통이나 먹는 게 낫지.

루시가 말을 이어 나갔다.

"앨리스를 만나 보면 너도 마음에 들걸. 의대생인데, 이제 막 1학년을 마쳤어. 네가 혼자 있고 싶어 하면, 앨리스는 종일 가을 학기에 들을 수업을 예습하면서 보낼 거야. 물론 같이 뭔가 재미있는 걸 하고 싶으면 얼마든지 부탁해도 돼. 밖에 나가고 싶을 때도. 공부하다가 머리도 식힐 겸 기꺼이 그렇게 해 줄 테니까."

26
모든 게 처음

열아홉 살 의대생인 앨리스가 도착했다. 마린은 휘둥그레진 눈으로 그녀를 위아래로 훑어보았다. 투우장의 소처럼 코를 뚫어 코걸이를 하고 있었는데, 말을 할 때마다 입술 위에서 달랑거렸다. 양쪽 옆머리는 삭발에 가깝게 밀어 버렸고, 가운데 머리카락은 진한 보라색으로 물들였다.

'정말, 이 여자랑 있는 게 더 안전하다고?'

"자, 그럼 난 다녀올게."

인사를 건넨 루시가 그래도 걱정스럽다는 듯 입술을 지그시 깨물었다. 핸드백을 어깨에 메고 현관문 쪽으로 걸어가는 가 싶더니, 갑자기 몸을 돌렸다.

"이번 주는 그냥 통째로 휴가를 낼까 봐. 네가 이 집에 좀 적응할 때까지 말이야."

"전 괜찮아요. 정말로요."

마린이 대답했다.

"정말이니?"

"온갖 비상 연락처를 여기 저장해 두셨잖아요. 아줌마 핸드폰 번호, 병원 연락처, 길다 복지사님 번호 등등……."

마린이 핸드폰을 흔들어 보이며 말했다.

"점심은 집에 와서 먹을 거야."

"그래요. 점심때도 오실 거고요."

"하지만 너 정말……."

"네."

루시가 어정쩡한 미소를 지어 보였다.

"난 지금 이 모든 게 처음이라서……. 그러니까 네가 좀 봐 줘."

마린은 마음의 문을 한 번 더 걸어 잠가야 했다.

루시가 선생님이나 이웃집 아줌마, 혹은 친척이었다면, 그 녀를 많이 좋아했을 것이다. 하지만 마린에게는 그럴 만한 마음의 여유가 없었다. 지금은 엄마 말고는 다른 사람을 받아들일 때가 아니었다.

루시가 정말로 현관문을 나선 후, 앨리스는 소파에 앉아 해부학 책을 펼쳤다. 마린은 창문 쪽으로 달려갔다. 창에 얼굴을 바짝 대고 도로를 내려다보았다.

얼마 지나지 않아 회전문을 밀고 나오는 루시가 보였다. 그녀는 병원으로 향하는 언덕길을 올라가다가 잠깐 멈춰 서더니 고개를 돌려 아파트 창문을 올려다보았다. 이윽고 루시의 얼굴에 한가득 미소가 피어올랐다. 그녀는 머리 위로 팔을 들어 올려 온몸이 앞뒤로 휘청거릴 정도로 흔들며 마린에게 인사를 건넸다.

마린은 자신도 모르게 손을 흔들어 보였다. 자기 자신을 말릴 새도 없었다. 심지어 입꼬리가 올라가는 게 느껴졌다. 미소가 퍼져 나가는 걸 막기 위해 가까스로 이를 꽉 물었다.

27

꽃집에 가고 싶어요

"오늘은 뭘 하고 싶니?"

앨리스의 코걸이가 달랑거렸다.

'원래 사람이 말을 할 때 콧구멍을 많이 움직이나? 저게 저렇게 달랑거릴 정도로?'

"공원으로 소풍 갈래? 어린이 박물관에 놀러 갈까?"

앨리스가 또 물었다.

'그래, 계획을 실행하려면 앨리스가 있는 편이 나을 거야.'

마린은 코걸이를 보지 않으려고 노력했다.

"실은 꽃집에 가 보고 싶어요."

소녀는 입안 가득 넣은 그래놀라를 우물우물 씹으며 대답했다.

"꽃집이라니……. 좋아. 꽃집이 워낙 많아서 선택의 범위가 좀 넓긴 하지만, 어쨌든 같이 나가 보자."

마린은 재빨리 그릇을 들어 올려 남은 우유를 벌컥벌컥 마셨다.

'아기가 아닌데도 돌보미와 같이 다닐 수밖에 없다면, 어디든 가자는 대로 가 줄 사람이 좋지.'

28

뭔가 수상해

부엉이는 원래 낮에 잠을 잔다. 연통 부엉이도 눈을 반쯤 감고 있었다. 하지만 졸려서 그런 건 아니었다. 그에게 눈꺼풀은 햇빛가리개였다. 부엉이는 반쯤 뜬 눈으로 주의를 기울이고 있었다.

그의 시선을 사로잡은 것은 막 아파트를 나서는 홀쭉이 소녀였다. 아이는 두 블록쯤 걸어 내려가 모퉁이를 돌았다. 몇 걸음 떨어진 곳에서 경쾌한 걸음으로 소녀를 뒤따르는 여자도 보였다. 머리에는 큰부리새처럼 밝은 깃털을 달고 있었다.

그들이 모퉁이를 돌아 시야에서 사라지자, 부엉이는 깃털

을 곤두세웠다. 그들이 뭔가 독특한 한 쌍이라는 생각이 들었
다. 같이 걷는 듯 보이지만 사실 그렇지는 않은 것 같은 느낌.
한 발에 무게중심을 실어 목을 쭉 빼고 그들을 바라보던 부
엉이는 자세를 바로잡으며 중얼거렸다.

"그게 나랑 무슨 상관이지?"

저 아래 거리에서는 수많은 사람들이, 그러니까 날개 없는
새들이 지나다녔다. 그리고 어린 새를 보호하는 것은 그의 임
무가 아니었다.

부엉부엉, 그는 생각했다.

'부엉부엉, 우리 종족을 배신하지 않는 진정한 친구는 침묵
뿐이야. 그러니까 어린 새에게 관심 끄고 입 다물라고.'

29
마린 카운티

룰루 꽃집에 도착했을 때 출입문 손잡이를 잡고 들어서려던 마린이 멈칫했다. 아차, 돌보미가 있었지.

"여기서 기다리셔도 돼요. 금방 나올 거니까요."

소녀가 앨리스를 돌아보며 말했다.

"응? 나도 같이 들어가는 게 좋을 것 같은데."

"실은 루시 아줌마한테 깜짝 선물을 주려고요. 아무한테도 미리 보여 주기 싫어요. 앨리스 언니도 안 돼요."

마린은 자신의 말을 믿어 주길 바라며 그녀의 눈을 똑바로 쳐다보았다.

"글쎄……."

"유리문이라 밖에서도 다 보이실 거예요. 바로 저 안에 있을 거니까 걱정하지 마세요."

"그래, 그럼. 너 혼자서도 괜찮다면."

"전 괜찮아요."

마린이 손잡이를 밀자 출입문에 달린 종이 울렸다.

계산대 뒤편 의자에 다리를 꼬고 앉아 있는 여자가 보였다. 금빛 머리카락을 총총 땋아 묶었는데, 몇 가닥이 구불구불 흘러내려 와 있었다. 마린을 발견한 그녀가 침착한 얼굴로 입에 물고 있던 시침핀을 빼냈다.

"네가 언제 올까 궁금해 하던 참이었단다."

마린은 뜻밖의 말에 얼떨떨한 얼굴로 그녀를 보다가 이내 정신을 바짝 차렸다. 먼저 나서야 했다. 소녀는 흰색과 검정색으로 된 바둑판무늬의 타일이 깔린 바닥을 걸어 그녀에게 가까이 다가갔다.

"저는 마린이에요. 탈룰라 아줌마, 맞죠? 우리 엄마랑 친구였잖아요."

탈룰라는 원추리 부토니에르(프랑스어로, 남성 정장이나 턱시도의 단춧구멍에 꽂는 장식용 꽃을 뜻한다)의 잘린 줄기에 초록색 꽃테이프를 감으면서도 여전히 소녀에게서 눈을 떼지 않았다.

'옛날이나 지금이나, 이 아이와 관련된 일은 옳고 그름을 판단하기가 왜 이리도 힘든 걸까?'

탈룰라는 마음이 복잡해졌다.

"맞아, 네 엄마와 친구였어."

"여쭤볼 게 몇 가지 있어요."

"그래, 그렇겠지."

탈룰라가 돌돌 감은 꽃테이프에 시침핀을 찔러 넣었다.

마린은 한숨을 내쉬었다.

"저기요, 그냥 우리 엄마에 대해 좀 알고 싶은 것뿐이에요. 저한테 그 정도 자격은 있잖아요."

"그야 물론이지."

탈룰라가 한숨을 내쉬며 꽃을 내려놓았다.

"네 엄마가 왜 너한테 마린이라는 이름을 붙여 줬는지 아니? 여기서 조금만 북쪽으로 올라가면 네 엄마의 고향이 있어. 마린 카운티. 너도 거기서 태어났고. 마린 카운티는 네 엄마가 세상에서 가장 좋아하는 장소야."

탈룰라는 가슴 앞으로 팔짱을 꼈다. 가만히 천장을 바라보면서 오랫동안 꺼내지 않았던 기억들을 하나씩 눈앞에 펼쳐 보이듯 말을 이었다.

"네 엄마는 마린 카운티만큼이나 샌프란시스코도 좋아했

어. 이곳의 안개와 오래된 집들, 수많은 언덕, 금문교(샌프란시스코를 상징하는 주홍빛 다리)를 좋아했지. 쉬는 날인데 날씨가 안 좋으면 우린 '로스트 위켄드'라는 비디오 대여점에 가서 고전 영화를 빌려다 봤어. 캐서린 헵번이 나오는 영화는 뭐든지 빌려 와 보면서 온종일 집에서 빈둥거렸지. 네 엄마가 제일 좋아한 해변은 북쪽에 있어. 해마다 생일이면 그 바닷가에 있는 절벽에 올라갔지. 지난해에 빌었던 소원을 전부 종이에 써 뒀다가, 거기서 하나씩 바다에 던졌단다."

탈룰라의 이야기는 마린이 예상했던 것과는 전혀 다른 방향으로 흘러갔다.

"저기……, 저는 그런 얘기보단요……. 여쭤볼 게 있어서 온 거예요. 엄마가 떠나던 날, 그 집에 같이 계셨잖아요."

추억에 빠져 있던 탈룰라는 마린의 말에 흠칫하며 소녀를 뚫어지게 바라보았다.

"오, 마린. 네가 아주 어렸을 때라……, 기억하지 못하길 바랐는데."

"아줌마한테 날 맡기고 갔잖아요. 날 돌봐 주라고 하면서요. 그런데 왜 엄마 말대로 안 한 거예요? 그랬으면 엄마가 다시 마음의 준비가 됐을 때, 날 데리러 왔을 거예요. 엄마는 오랫동안 내가 어디에 있는지 몰라서 찾아 헤매다가, 이젠 너

무 늦었다고 생각하는 게 틀림없어요. 아줌마가 날 데리고 있
기만 했어도……."

소녀의 아랫입술이 바르르 떨렸다. 목소리도 흔들렸다.

"마린. 네 엄마가 널 두고 떠났을 때, 난 음악 밴드로 일하
고 있었어. 축제가 열리는 곳을 찾아 서부 해안가를 떠도는
신세였지. 공연하러 이동하는 중에는 길거리에서 잠을 자기
도 했고. 타고 다니던 작은 버스는 고약한 발 냄새가 배어 있
었고, 언덕이 조금만 가팔라도 시동이 꺼졌어. 그러니까 내
말은, 어린애를 데리고 다닐 형편이 안 됐단 거야. 그래서 널
돌보지 못했단다."

"엄마는 대체 왜 그런 거죠? 아이를 돌볼 수 있는 다른 사
람한테 맡겼어야죠. 잠시 휴식이 필요한 것뿐이라고 했으면
서……."

탈룰라는 몸을 앞으로 기울여 계산대의 모서리를 움켜쥐
었다.

"마린, 네 엄마가 왜 그런 행동을 했는지는 나도 몰라. 네
가 비록 어리다고 해도, 난 지금 네가 듣고 싶어 하는 대로 거
짓말을 해 줄 순 없어. 그러니까 잘 들어. 엄마는 잠시 쉬다가
돌아오려던 게 아니야. 새로운 삶을 살려고 떠난 거야. 미안
하구나. 널 그렇게 대해선 안 됐지만……, 그게 사실이란다.

누군가는 너한테 알려 줘야 한다고 생각했어."

갑자기 여러 개의 형광등이 동시에 깜빡거렸다. 꽃집 뒤편에 걸린 환풍기도 탈탈탈탈 소리를 내더니 꺼져 버렸다.

마린은 뒤로 물러섰다. 눈에 가득 고인 눈물을 들키지 않으려면 숨죽이고 움직여야 했다. 탈룰라는 숨을 쉬느라 오르락내리락하던 마린의 가슴이 잦아든 것을 눈치챘을까?

탈룰라는 소녀의 눈물도, 가슴도 보지 못했다. 마린이 능숙하게 투명인간 연기를 했기 때문이 아니었다. 그녀는 마지막 말을 하면서 눈을 질끈 감아 버렸다. 소녀에게 진실을 알려 줘야 한다고 마음먹고 입을 열었지만, 소녀의 눈을 보고는 차마 이야기를 꺼낼 수 없었기 때문이다. 용기를 내어 끝까지 진실을 알려 주기 위해서는 소녀의 시선을 피할 수밖에 없었다.

"마린, 엄마는 한 번도 돌아오지 않았어."

탈룰라는 숨을 아주 천천히, 길게 내쉬었다.

"난 어딘가로 떠날 때면 말이야, 내가 어디 있는지 네 엄마가 알 수 있게 해 뒀어. 네가 어디에 있는지도 늘 확인했고. 그런데도 엄마는 널 데리러 온 적이 없어."

마린은 자신이 진짜로 투명인간이 된 것 같았다.

탈룰라가 눈을 떴을 때, 가게는 텅 비어 있었다.

106

딸랑딸랑.

출입문 위에서 흔들리는 종소리만이 소녀가 그곳에 있었
다는 사실을 확인시켜 주었다.

30
엄마를 찾고야 말겠어

누군들 마린의 심정을 이해할 수 있을까? 엄마에게서 버림받은 적이 없는 사람들은 결코 알 수 없을 것이다. 서머 그린은 단 한 번도, 마린의 엄마가 되는 걸 바란 적이 없었다. 그런데도 엄마를 찾고 싶은 마린의 소망은 조금도 사그라지지 않았다.

다만, 뭔가 좀 달라지긴 했다. 지금껏 마음속으로 조용히 속삭이던 소망이, 반드시 엄마를 찾고야 말겠다는 집념으로 불타오르기 시작했다.

꼭꼭 숨으려는 사람을 찾는 건 쉬운 일이 아니었다. 마린은 인터넷에 접속해서 사람을 찾기 위해 어떤 사이트를 살펴봐야 하는지를 알아봤다. 인구 조사 자료, 사회보장국의 데이터베이스, 각 주의 고등학교 동창회 게시판 등등을 봐야 한다고 되어 있었다. 어린 소녀가 할 수 있는 대로 여러 웹사이트를 파헤쳐 봤지만, 아무런 소용이 없었다.

마린의 엄마는 흔적을 남기지 않는 사람이었다. 탈룰라의 말은 사실이었다. 서머 그린은 계속해서 새로운 삶을 살고, 새로운 관심사를 찾고, 새로운 곳을 찾아 떠돌아다니는 사람이었다.

마린은 이제 정말로, 진실이 뭔지 알 수 있을 것 같았다. 이 세상에 아무도 없이 혼자인 듯한 기분에 짓눌린 밤이면, 소녀는 이런 의심이 들었다.

'서머 그린이 엄마의 진짜 이름이긴 한 걸까? 엄마가 날 찾는 날이 과연 오긴 올까?'

탈룰라의 이야기에 상처 받았던 마음은 시간이 지날수록 점점 아물어 갔다. 그러자 안개가 걷히듯, 그 이야기에 숨어 있는 사실들이 또렷이 드러났다. 진짜 이야기를 깨닫게 된 것이다.

엄마는 해마다 생일이 되면 마린 카운티에 있는 어느 절벽에 간다고 했다. 그곳에서 지난해의 소원들이 적힌 종이를 홑

날린다고.

　도대체 그 절벽이 어딜까? 그런데 엄마의 생일이 언제지?
순간 마린은 온몸에 힘이 쭉 빠졌다.

31

지각판이 꿈틀거리다

땅과 바다 중에서 어느 쪽이 더 무거울까?

양쪽 모두 어마어마하게 많은 생명체가 살고 있는 삶의 터
전이었다. 그런 만큼 둘 다 어마어마한 무게로 지각판을 누르
고 있었다.

엄청난 양의 바닷물, 모래, 가라앉은 배들의 잔해, 수천 년
전에 헤엄쳐 살다가 죽은 생물들의 뼈 무덤. 그 모든 무게에
눌린 지각판이 앓는 소리를 냈다.

그것은 끄응 하며 기지개를 켰다. 이제 슬슬, 자신을 짓누
르는 무게에 반항해 보겠다는 듯이.

32
한눈팔지 말고 쫓아가

부엉이는 오늘도 꼬마 소녀와 깃털 아가씨가 아파트 회전
문을 나와 모퉁이 너머로 사라지는 모습을 지켜봤다. 지난번
처럼 목을 쭉 빼고 눈으로 그들을 쫓다가, 중얼거리다가, 웬
일인지 날개를 퍼덕였다. 해가 하늘 한가운데에 솟아 있는,
하루 중 가장 환한 시간이었지만 외출할 채비를 했다. 옆으로
발을 옮겨 연통 끝으로 걸어가 얼룩무늬 날개를 활짝 펼쳐
하늘로 날아올랐다.

주위를 한 번 빙 돌다가 곧장 소녀를 쫓아 날아갔다. 갑자
기 커다란 그림자가 휙 지나가자, 거리를 걷던 사람들이 놀란

토끼 눈을 하고 하늘을 올려다보았다. 부엉이는 더 많은 사람들에게 자신의 비행 실력을 뽐내려고 깃털을 한 올 한 올 꼿꼿이 세웠다. 그때, 오래 전에 스승님이 들려준 중요한 가르침이 떠올랐다.

"뭔가를 쫓아갈 땐 한눈팔지 말고 거기에만 온 신경을 집중시켜야 한다."

정신을 집중하고 미끄러지듯 날아가 소녀를 따라잡았다. 길 건너편에 초록색과 노란색으로 페인트칠이 된 집이 보였다. 온통 높은 아파트와 회사 건물들이 가득한 곳에서 외딴섬처럼 자리하고 있었다. 지붕 끝에는 소용돌이 모양의 쇠막대가 꽂혀 있었다. 부엉이는 날개를 두 번 펄럭이며 그 위로 날아가 앉았다. 물론 나무에 앉는 편이 훨씬 좋지만, 근처에는 나무가 없었다. 그래도 뾰족한 쇠못을 박아 둔 건물보단 나았다. 인정머리 없는 이 도시에는 새를 쫓아내려고 그런 걸 박아 둔 건물들이 많았다.

두 사람이 저만치 걸어가고 있었다.

부엉이는 스승님이 죽은 후에도 혼자서 열심히 공부하려고 노력했다. 그런데 요즘은 저 멀리 새로운 곳으로 날아가 새로운 것을 배우고 싶다는 생각이 들었다.

부엉부엉, 스승님의 가르침을 떠올렸다.

부엉부엉, 지혜를 얻는 방법에는 세 가지가 있다.

'첫째, 깊은 생각을 통해 가장 고귀한 지혜를 얻을 수 있지.
둘째, 다른 이를 본받아서 가장 쉬운 지혜를 얻게 되고. 셋째,
경험을 통해 가장 고통스러운 지혜를 깨닫게 돼.'

저 여자는 아무것도 몰라

마린은 또다시 앨리스를 밖에 세워두고 혼자 꽃집으로 들어갔다. 건너편 집의 지붕에서 동그란 두 개의 눈동자가 자신을 지켜보고 있다는 건 알 턱이 없었다.

탈룰라가 손님과 이야기를 나누고 있었다. 손님이 떠날 때까지 소녀는 주위를 빙 돌며 꽃 구경을 했다. 줄기가 잘린 꽃들이 누군가에게 선택되길 기다리고 있었다. 상체를 숙여 꽃향기를 맡아보기도 했고, 손끝으로 조심히 매끌매끌한 꽃잎을 만져 보기도 했다.

물론 마린은 꽃을 사러 온 게 아니었다. 소녀가 원하는 건 탈룰라의 대답이었다.

출입문 종이 울리며 손님이 나가자, 마린은 성큼성큼 계산대로 다가갔다. 그러고는 계산대에 팔을 올려 몸을 기댔다.

탈룰라가 한숨을 내쉬었다.

"마린, 넌 이제 여기 오면 안 될 것 같은데."

마린이 얼굴을 찡그렸다.

"엄마가 해마다 어떤 절벽에 갔다고 했죠? 그게 어디예요?"

"마린."

탈룰라가 조심스럽게 말을 이었다.

"그 질문에는 답을 하면 안 될 것 같구나. 그보다 널 담당하는 사회복지사에게 전화해서 네가 여길 드나든다고 얘기해야겠어."

그러더니 굳은 표정으로 주위를 두리번거렸다.

"그 여자 번호가 적힌 종이를 어디다 뒀더라?"

"제가 여기에 온 건 그분도 알고 계세요."

물론 거짓말이었다. 이 정도 거짓말도 지어낼 줄 모른다면, 위탁 아동으로 살아남을 수가 없다. 마린은 탈룰라를 뚫어져라 쳐다보았다. 눈도 깜빡이지 않았다. 이내 지루하다는 듯, 한손으로는 턱을 받치고 한손으로는 계산대를 톡톡 두드리며 한쪽 다리를 뒤로 쭉 뻗었다.

"복지사님이 저랑 같이 가 주실 거예요. 그 절벽에 가서 엄마에게 작별 인사를 하려고요."

"마린, 너 대체 뭘 하려는 거니? 엄마는 누구도 만나고 싶지 않다고 했어."

"네, 알아요. 거기 가 봤자 엄마가 진짜 있는 것도 아니잖아요. 그냥 엄마를 느끼러 가는 거예요. 엄마에게 중요한 장소니까요. 정식으로 입양되기 전에 작별 인사를 하려고요. 그래야 모든 게 완전히 끝나거든요. 입양 과정에서 꼭 필요한 일이에요."

탈룰라는 입술을 잘근잘근 씹으며 고민하다가 말을 꺼냈다.

"솔직히, 엄마가 가는 절벽이 어딘지는 나도 몰라. 다만, 이런 얘길 하긴 했어. 거기에선 자기 인생이 파도에 부서진 배 같다는 걸 확인할 수 있다고. 내가 들은 건 그게 전부야."

"으아!"

마린이 알 수 없는 소리를 내지르더니 몸을 일으켜 출입문으로 향했다. 손잡이를 잡았을 때, 등 뒤에서 탈룰라가 마지막으로 한마디를 덧붙였다.

"잘은 모르겠지만, 넌 옳은 선택을 한 거야. 엄마를 잊기로 한 거 말이야."

바깥 공기는 촉촉하고 상쾌했다. 하지만 마린의 얼굴은 열

이 올라 붉으락푸르락 했다. 저 여자는 아무것도 모른다. 마
린에게 필요한 게 뭔지. 엄마가 원하는 게 뭔지. 탈룰라도 다
른 사람들과 똑같았다. 마린의 인생을 스쳐 지나간 수많은 어
른처럼 엄마를 찾는 게 귀찮은 거다.

저 여자는 아무것도 모른다.

34

새로운 콩팥

똑똑. 노크 소리가 울리자 마린은 허둥지둥했다.

"잠시만요!"

마린은 동전 세 개와 괘의 절반이 그려진 수첩을 베개 밑으로 밀어 넣었다. 뒤이어 『주역』도 끼워 넣었다. 그러고는 재빨리 침대 발치로 기어가 앉았다.

"들어오세요."

루시가 방 안으로 고개를 내밀었다.

"지금 차 끓이고 있는데, 너도 뭐 좀 마실래?"

마린은 머리를 좌우로 흔들었다.

"사과 샌드위치는 어때? 땅콩버터랑 건포도도 넣어서."

"아뇨, 괜찮아요."

루시는 문 옆에 몸을 기대고 섰다.

"같이 바닷가에 가서 조개껍데기를 주워 볼까? 아니면 언덕에 올라갈래? 하이킹을 하러 가는 건 어때?"

그래도 소녀는 여전히 도리질을 할 뿐이었다.

"그럼 디즈니랜드는? 파리는? 달은?"

마린은 배시시 웃음이 새어 나와 손으로 입을 막았다.

"마린, 우리 둘 사이에 짚고 넘어가야 할 일이 있는 것 같구나."

마린은 상체를 꼿꼿이 세워 자세를 바로잡았다.

"난 네 엄마의 자리를 빼앗으려는 게 아니야. 엄마는 당연히 너한테 아주 중요한 사람이지. 하지만 그렇다고 해서, 너와 내가 가족이 될 수 없는 건 아니야. 난 너랑 가족이 되고 싶어. 넌 어때? 싫어? 나에게 가장 큰 소원이 있다면, 너와 가족이 되는 거야. 물론 네가 싫다면 어쩔 수 없지만."

당황한 마린은 어떻게 해야 할지 몰라 괜한 손만 허벅지 아래로 쑤셔 넣었다.

"병원에서는 너보다 어린 아이들을 수술해야 할 때가 있어. 몸속에 있는 장기가 제 기능을 못하면 수술을 해야 돼. 예를 들면 콩팥 같은 부위."

루시는 몸을 살짝 숙여 콩팥이 있는 자리를 가리켰다.

"여기, 아래쪽 배, 등 쪽에 있어. 콩팥은 아주 중요한 역할을 해. 그게 없으면 사람은 살아갈 수가 없어. 콩팥은 아주 열심히 일하고, 자기가 맡은 일을 제대로 해내고 싶어 하지. 그런데 어쩌다 자기 일을 해내지 못할 때가 있어. 그럴 때는 새로운 콩팥을 이식해야 돼. 그 일을 할 준비가 되어 있는 콩팥으로. 그럼 아이는 다시 건강해질 수 있어."

루시는 자신의 설명에 만족했는지 고개를 끄덕였다.

"마린, 날 새로운 엄마라고 생각하지 마. 그저, 일할 준비가돼 있는 새로운 콩팥이라고 생각해 줘."

그러고는 손잡이를 잡아 문을 닫으며 말했다.

"날 받아들일 마음이 있다면 말이야."

35
엄마라는 단어의 의미

세상에는 너무 함부로 사용되는 말들이 있다. 예를 들면 이런 거다.

'훌륭하다.'

이 얼마나 멋진 말인가! 하지만 식탁에 놓인 샌드위치가 훌륭하고, 아까 다녀온 철물점이 훌륭하고, 지난번에 탄 롤러코스터가 훌륭하다고 해보자. 그럼 훌륭하다고 부르는 모든 게 조금씩, 뭐랄까, 덜 훌륭하게 느껴지지 않을까?

'엄마'라는 말은 어떤가?

마린에게는 지금까지 엄마가 일곱 명이나 있었다. 친엄마가 있었고, 그 뒤로 줄줄이 위탁 엄마들이 있었다. 그들이 전부 마린의 엄마라고 한다면, 엄마라는 단어는 대체 무엇을 뜻하는 걸까?

나를 세상에 태어나게 해 준 사람? 내가 그럭저럭 생활할 수 있는 집을 제공해 준 사람? 양육 보조금으로 집세를 내기 위해 방을 빌려준 사람?

진짜 엄마가 있다면, 어떤 기분이 들까? 나를 낳아 준 엄마 말고, 잠시 동안만 맡아 주는 엄마 말고. 엄마로서의 역할을 선택했고, 정말로 엄마가 되고 싶어 하는 사람. 엄마로 불리기 위해 노력하는 사람.

나를 원하는 엄마가 있다면, 과연 어떤 기분이 들까? 마린은 곰곰이 생각해 보았다.

36

이제 그만 도시를 떠나야 할까?

그 시간에 부엉이는 잠을 자고 있어야 했다.

올빼밋과에 속하는 동물이라면 낮에 잠을 자는 것이 현명한 행동이라는 걸 안다. 하지만 부엉이는 자지 않고 건너편 아파트를 지켜보고 있었다. 회전문이 돌아가며 사람들이 하나둘씩 거리로 나설 때마다 눈을 더 크게 떴다.

그렇게 아흔아홉 명이 아파트를 나왔다. 그리고 백 번째, 마침내 말라깽이 소녀가 보였다.

부엉이는 졸음을 몰아내려고 머리를 마구 흔들었다. 솜털 하나까지 곤두세울 정도로 온 신경을 쏟아 부었다. 오늘 소녀의 외출은 뭔가 달랐다.

소녀의 옆에는 깃털 아가씨가 아닌 다른 여자가 서 있었다. 나이가 좀 더 많아 보였다. 그 여자는 소녀와 나란히, 소녀의 보폭에 맞춰 걸었다. 둘은 횡단보도를 건너서도 계속 같이 걸었다. 공원으로 가는 걸까, 아니면 식물원? 해안 쪽으로 가는 것 같기도 했다.

둘은 정말로 함께 걸어가고 있었다. 나란히, 이야기를 나누고, 미소를 띠며, 나란히.

부엉부엉, 부엉이는 나지막이 울었다.

부엉부엉.

어쩌면 저 어린 새에게는 자신이 필요 없을지도 모른다는 생각에 슬픔이 밀려왔다. 이제 그만 이 도시를 떠나 숲으로 돌아가야 할 것 같았다. 삼나무가 우거진 안개 낀 언덕으로. 그곳이 자신이 있어야 할 곳 같았다.

이 도시에는 자신을 원하는 사람이 없었으니까. 단 한 명도.

37
그래도 알고 싶어

그날 밤, 루시가 노크를 하고 마린의 방으로 들어왔다. 그 때 소녀의 허벅지 아래에 숨겨진 작은 책을 얼핏 보았다.

"있잖아, 우리 할머니가 매일 주역으로 점을 보셨거든. 그런데 난 그걸 어떻게 하는 건지 배우질 못했어. 네가 가르쳐 주지 않을래?"

마린은 조심스럽게 고개를 끄덕이고는 책을 빼내 무릎 위로 올려놓았다. 주머니에서 동전 세 개를 꺼내 루시에게 건네 주었다.

"묻고 싶은 걸 생각한 다음에 소리 내서 말하면 돼요."

"알았어. 인류가 암 치료법을 찾아낼 수 있을까요?"

"아뇨, 그런 질문 말고요. 그건 범위가 너무 넓잖아요. 구체적인 질문을 해야 돼요."

"음…… 그럼, 우리가 고양이를 사야 할지 말아야 할지, 그런 거?"

마린은 얼굴 위로 미소가 번져 나오려는 걸 참다가, 겨우 마음을 다잡고 대답했다.

"맞아요, 그런 거. 이제 질문한 다음에 동전을 던지세요."

"마린과 내가 고양이를 사야 할까요?"

루시가 큰 소리로 물으며 책상 위로 동전을 던졌다. 둘은 결과를 확인해 보려고 몸을 기울여 머리를 맞대었다.

"앞면이 둘, 뒷면이 하나예요."

마린이 똑 부러지게 말했다. 『주역』에 표가 나오는 페이지를 펼쳐 확인하고 수첩에 직선을 하나 그었다.

"또요."

루시는 질문을 하고 동전을 던지길 두 번 더 했다. 마린은 첫 번째 선 위에다 순서대로 두 개의 선을 더 그었다. 그렇게 해서 완성된 세 개의 선들을 가리켰다.

"이게 아래쪽 괘예요."

소녀는 책을 보며 말을 이었다.

"'치엔.' 하늘이라는 뜻이에요. 이제 세 번 더 하세요."

루시는 마린의 말대로 했고, 마린은 동전 결과를 보고 정확히 선을 그었다. 루시는 눈을 가늘게 뜨고 결과를 가늠하는 소녀를 바라보았다. 소리 없이 숫자를 헤아리는 마린의 입술이 달싹거렸다. 눈을 깜빡깜빡 하며, 여섯 개의 선으로 이루어진 괘에서 끊어진 선과 직선을 헤아렸다.

"괘의 위쪽은 '칸'. 그러니까 물이에요. 위아래를 합치면 '슈'라는 괘가 돼요. 이건 꼼꼼하게 계획하고 기다린다는 뜻이죠."

마린은 책에서 이 괘가 설명된 부분을 찾은 다음, 책장이 넘어가지 않도록 손으로 꾹 눌렀다. 그리고 루시의 얼굴을 올려다보며 물었다.

"질문의 답을 읽어 드릴까요?"

"응, 부탁할게."

마린이 목소리를 가다듬었다.

"당신의 우주는 기다림의 시간을 앞두고 있습니다. 아직 비를 뿌리지 않은 구름처럼 커다란 변화가 일어나는 중으로……."

루시는 '우주'라는 말이 나왔을 때 하마터면 웃음이 터질 뻔했다. 그녀는 세상을 객관적으로 바라보는 사람이었다. 점

128

같은 것은 믿지 않았다. 혈관을 흐르는 피나 뼈와 관절 같은 과학적인 사실만을 믿었다.

하지만 마린이 아주 진지해 보였기 때문에, 의심스러운 마음이 드는 걸 꾹 누르고 귀를 기울였다. 루시는 오로지 마린에 대해 궁금할 뿐이었다.

'어린애가 어쩜 이렇게 진지할까? 왜 마음을 열지 않을까?'

아직은 알 수 없었다. 그래도 알고 싶었다. 너무너무.

38
가정 방문

길다가 루시의 아파트에 도착했다. 마린을 입양시킨 후 처음 하는 가정 방문이었다. 손목시계가 열두 시를 가리켰을 때 벨을 눌렀다.

현관문이 활짝 열리고, 루시가 여전히 밝은 미소로 맞아 주었다. 여전히 까만 머리카락도 매끄러웠고, 실크 블라우스도 우아했다. 탁자에는 찻잎이 담긴 찻주전자와 잔 두 개가 준비되어 있었다.

길다는 부드러운 카펫을 밟으며 또다시 마음을 다잡아야 했다. 발을 휘감는 듯한 느낌이 들 정도로 부드러운 카펫에 마음이 흔들려선 안 된다고. 정신을 바짝 차리고 제대로 된 평가를 해야 한다고.

"상담은 따로따로 할 거예요. 아이는 자기 방에 있나요?"

"네."

길다가 소파에 앉아 서류철을 펼치는 동안, 루시는 차를 따랐다. 길다는 종이 한 장을 꺼내고 펜 뚜껑을 열었다. 오늘 날짜와 시간을 적었다.

입양 등록 번호는 014563.

길다는 루시가 맞은편에 앉기를 기다리며 펜을 빙빙 돌렸다. 어서 빨리 상황을 듣고 기록하고 싶었다.

"자, 둘이 어떻게 지내고 계세요?"

"좋아요. 잘 지내고 있어요. 마린은 조용한 아이예요. 주로 혼자 있으려고 하지만, 그렇다고 제게 불만이 있는 것 같지는 않아요."

"당신은 어때요?"

루시는 가느다란 어깨를 으쓱하더니 몸을 천천히 뒤로 기댔다.

"이런 경험은 처음이라서요. 제가 잘못하는 부분이 있는지 없는지도 잘 모르겠어요."

"일은 다시 시작하셨죠? 평소처럼 생활하고 계신 건가요?"

"네. 제가 없을 땐 아이 돌보미가 마린과 함께 있어 줘요."

"좋네요."

길다는 질문을 잠시 멈추고 재빨리 메모를 했다. 문장이 끝날 때마다 마침표를 찍는 손놀림에는 거침이 없었다.

"이런 적응 기간에는 함께 있는 시간만큼 떨어져 있는 시간도 중요해요."

길다는 준비된 질문들을 하나씩 이어 갔고, 루시가 대답하면 메모를 했다. 질문을 다 마친 후에는 조용히 펜을 내려놓았다. 찻잔을 들어 후후 하고 차를 식히면서 가만히 찻잎을 내려다보았다. 그리고 얼마 후, 마침내 입을 열었다.

"노력하고 계신다는 게 느껴지네요. 정말 잘되길 원하신다는 것도요. 그런 노력과 간절한 마음이, 경험보다 훨씬 중요해요."

"감사합니다."

루시가 말했다.

길다에게 지금 같은 상황에서 어떤 정보를 줘야 하고 어떤 정보는 감춰야 할지를 판단하는 건 언제나 어려운 일이었다. 물론 어떤 정보를 주더라도 아무런 소용이 없는 경우도 있었다. 아무리 노력하고 소망해도 그 결실을 맺지 못하는 사람들도 있었다.

중요한 것은 루시의 바람이 아니었다. 모든 것은 마린의 선택에 달려 있었다.

"이제 마린을 만나 보시겠어요?"

"네, 그러죠."

길다는 자리에서 일어나 복도를 지나 크리스털 손잡이가 달린 방으로 갔다. 노크를 하고 잠시 기다렸다가 안으로 들어갔다.

"안녕, 마린."

아이는 침대에 앉아 양손을 각각 허벅지 아래에 끼운 채 길다를 올려다보았다.

"안녕하세요."

"그래, 잘 지냈니? 그동안 나한테 뭐 하고 싶은 말은 없었고?"

마린은 고개를 좌우로 흔들었다.

길다는 하얀색 어린이용 책상에서 의자를 빼내 앉았다. 자기 몸집의 절반인 어린이에게 꼭 맞게 만들어진 의자라 물론 편하지는 않았다. 그래도 거기 앉아 마린과 눈높이를 맞추는 편이 나았다. 길다가 위에서 내려다보면, 아이들은 왠지 모르게 움츠러들었다.

"내가 도와줄 일은 없을까?"

자기 무릎에 시선을 두고 있던 마린이 길다의 손에 들린 서류철 쪽으로 고개를 돌렸다. 서류철을 뚫어지게 바라보다가 다시 머리를 내저었다.

"이 질문이 어떨지 모르겠지만 말이다, 마린. 이 집에서 행복해질 수 있을 것 같니?"

마린은 입술 한쪽을 씰룩거렸다. 그리고 잠시 생각에 잠겨 있다가 입을 열었다.

"루시 아줌마는 좋은 사람이에요."

"그렇구나. 나한테 하고 싶은 말이 있으면 언제든지 연락해. 내 전화번호 가지고 있지?"

마린이 고개를 끄덕였다.

"이제 필요한 서류는 모두 준비됐어. 2주 후에 재판이 열릴 거야."

길다가 서류철을 펼쳐 종이를 넘기며 말했다.

"다 준비됐다고요?"

"그래. 넌 이제 법적으로 자유롭게 입양될 수 있어. 정말 잘됐지?"

길다는 소녀가 기뻐하지 않는다는 사실을 알아차리지 못했다.

그녀가 지금까지 맡았던 아이들은 마린과 달랐다. 마린처럼 소곤소곤 말하지도 않았고, 1센트짜리 동전을 보물처럼 아끼지도 않았다.

길다는 지금 수십 명이나 되는 아이들을 맡고 있었다. 어떤 아이들은 보호 시설을 수시로 뛰쳐나갔다. 또 어떤 아이들은 말썽을 일으켜 경찰서를 들락거리기도 했다. 입양됐지만 가족과 어울리지 못해 번번이 실패를 겪으며 큰 상처를 받게 된 아이들도 있었다. '저러다 영영 다른 사람을 믿지 못하고 마음의 문을 닫아 버리면 어쩌나' 하고 걱정되는 아이들이 많았다.

그러니 서류철을 힐끔거리는 마린의 시선을 느끼지 못할 수밖에 없었다. 마린이 이처럼 밝고 친절한 집에서조차 침대 끄트머리에만 앉아 있는 것도 눈치 못 챘다. 그렇다고 해서 길다를 탓할 수는 없었다.

마린은 푹신한 쿠션 더미에 몸을 파묻으며 편하게 앉지도 않았다. 도톰하고 부드러운 카펫에 벌러덩 드러눕지도 않았다. 매일 밤 소녀가 잠을 자는데도, 그 방은 아직 텅 빈 것 같았다.

39

앞으로 5일 후

행운은 변덕스러운 친구 같다. 언제 찾아와 친절을 베풀지 알 수 없기 때문이다.

마린은 숨을 크게 들이마시고 내쉰 후, 로스트 위켄드 비디오 대여점의 전화번호를 눌렀다.

"안녕하세요. 제가 거기 회원인데, 연체료가 얼마나 되는지 알고 싶어서요."

"성함이?"

"서머 그린이요."

"카드 번호는요?"

"죄송하지만 카드를 잃어버렸어요. 이름으로 찾을 수 없을까요?"

마린은 숨죽인 채 기다렸다.

"아, 여기 있네요, 기록을 찾았어요. 잠시만요. 반납되지 않은 비디오가 세 개 있네요. 반납 예정일이……, 세상에나, 2007년 7월이었어요. 뭐, 그래도 안심하세요. 저희는 이자를 안 받으니까요. 연체료는 37달러 98센트예요. 어떻게 내시겠어요?"

"내일 우편으로 현금을 보내 드릴게요."

"알겠습니다. 연체료를 다 내시기 전에는 다른 비디오를 빌려보실 수 없어요. 아, 그리고 오랫동안 회원 계좌를 사용하지 않으셨네요. 직접 오셔서 카드도 새로 만들고, 회원 정보도 업데이트하셔야 해요."

"음, 이번 주 안에 갈 수 있을지 잘 모르겠네요. 지금 등록된 회원 정보를 읽어 주시면 안 될까요? 바뀐 게 있으면 말씀드릴게요."

"그러세요. 회원 이름은 서머 그린. 좋아하는 분야는 여행 영화, 외국 영화, 고전 영화."

"맞아요. 아직도 탈룰라 월터라는 회원이 친구라고 표시돼 있나요?"

"네."

"그건 지워 주세요. 그리고 제 생년월일이 정확하게 입력돼 있는지 확인해 주실 수 있을까요?"

긴장한 마린이 베개 귀퉁이를 덥석 물었다.

"1984년 8월 14일로 돼 있어요."

"네, 맞아요. 연체료는 우편으로 보내 드릴게요. 감사합니다!"

마린은 입을 앙다물며 전화를 끊었다.

8월 14일.

며칠 안 남았잖아! 온몸에 소름이 쫙 끼쳤다.

엄마는 이미 여기에, 이 도시에 와 있을지도 모른다. 혼자 남겨졌을 때부터 지금까지 오랫동안 기다리고 소망해 온 일이었다. 애써 웃음을 지어 봤지만 늘 그랬듯, 미소는 금세 사라져 버렸다.

탈룰라가 해 준 말이 사실이라면 앞으로 5일 후, 8월 14일에 서머 그린은 마린 카운티의 어느 절벽에 서 있을 것이다. 소원이 적힌 종이들을 바다에 던지면서.

40

910.4: 여행, 발견, 난파선, 모험

앨리스는 오늘도 마린이 꽃집에 갈 거라고 생각했다. 그런데 오늘은 도서관이었다. 소녀가 도서관에 데려가 달라고 했을 때 앨리스는 흔쾌히 고개를 끄덕였다. 갈색 가죽 가방에 책을 차곡차곡 넣고 형광펜과 인덱스카드, 끝이 아주 뾰족한 연필 세 자루도 함께 넣었다.

둘은 도서관이 문을 여는 오전 아홉 시 정각에 이미 그 앞에서 기다리고 있었다. 마린은 곧바로 책장으로 달려가 캘리포니아 해변에 관한 책을 찾아볼 수도 있었다. 하지만 그러지 않았다. 공공도서관에 처음 와 본 초짜가 아니었으니까. 입양

되기 전에 종종 혼자서 도서관에 왔었다. 외롭고 심심했던 마린에게 도서관은 돈 없이 시간을 보낼 수 있는 최고의 장소였다. 그동안 여러 도서관들을 다니면서 알게 된 사실이 있는데, 도서관 사서들은 어린이의 부탁이라면 뭐든 기꺼이 들어준다는 것이었다.

앨리스는 도서관에 들어가자마자 책상에 해부학 책을 잔뜩 펼쳐 놓았다. 그러고는 큰부리새 깃털 스타일의 머리를 까닥이며 공부를 시작했다. 마린은 그녀를 힐끔 본 뒤에 안내 데스크로 걸음을 옮겼다.

"실례합니다."

마린이 속삭이듯 말했다. 도서관에서 작은 소리로 말을 건네면 좋은 인상을 줄 수 있으니까.

입술에 빨간 립스틱을 칠한 사서는 두꺼운 뿔테 안경을 끼고 있었다. 양 끝이 살짝 치켜 올라간 안경이었다.

"무엇을 도와드릴까요?"

빨간 입술의 양 끝이 미소를 머금고 올라가자, 안경과 똑같은 모양이 되었다.

"저를 돌봐 주는 돌보미 언니가 있는데요. 여름 방학이라 제가 심심할까 봐 보물찾기 게임을 만들어 줬어요. 단서를 보고 보물이 있는 장소를 찾아야 하는데 너무 어려워요. 혹시 사서 선생님이 도와주실 수 있나 해서요."

"글쎄, 스스로 답을 찾아가는 즐거움을 빼앗고 싶진 않구나."

"돌보미 언니는 결과 못지않게 과정도 중요하게 생각하거든요. 꼭 전문가에게 도움을 청하고 필요한 자료를 활용하라고 했어요. 그래서 도서관에 온 거예요."

마린이 몸을 앞으로 기울이며 속삭였다.

"여기서 전문가는 아무래도 사서 선생님 같죠? 그래서 여쭤보는 거예요."

사서는 예쁘게 화장한 눈으로 윙크를 했다.

"그런 거라면 뭐, 좋아. 단서가 뭔데?"

"마린 카운티에 있는 어느 해변을 찾아야 하는데요. 바다에 부서진 배가 있대요. 절벽도요. 그러니까 절벽이 있는 해안이에요."

사서가 연필 끝으로 자신의 볼을 톡톡 쳤다.

"음……, 그렇다면, 우선 부서진 배부터 시작하는 게 좋겠구나. 부서진 배가 있는 해변이 그리 많진 않을 테니까. 그렇지?"

마린이 고개를 끄덕였다.

"이리 따라오렴."

사서는 회전의자를 휙 돌리며 일어나 관련 책들이 있는 책장으로 향했다. 그녀는 경마 대회에 나온 말처럼 아주 적극적으로 책장 여기저기를 누비다가 목적지에 도착했다. 책장에는 듀이 십진분류법(도서관에서는 책을 주제에 따라 나누어 숫자로 표시하는데, 듀이 십진분류법이 세계에서 가장 널리 쓰인다)에 따른 번호가 쓰여 있었다.

910.4: 여행, 발견, 난파선, 모험.

"여기서 마린 카운티에 관한 책이 있나 살펴볼까?"

그녀가 알려 준 책장 제일 아래 선반에는 알록달록한 책들이 가득 채워져 있었다. 마린은 주저 없이 바닥에 앉아 그 책들을 하나하나 살펴보기 시작했다. 배낭여행자들을 위한 작은 안내서들이 보였다. 그 옆에는 두꺼운 표지에 금색으로 제목이 쓰인 책들이 나란히 꽂혀 있었다. 마린은 집게손가락으로 책들을 한 권씩 톡톡 쳐 가며 제목들을 꼼꼼히 살펴보았다. 그러다 얼마 후 손가락이 멈춰 섰는데, 거기에는 '마린'이라는 단어가 들어간 얇은 책이 있었다.

소녀는 머리카락이 쭈뼛 일어선 듯한 느낌이 들었다. 바로 그곳의 이름을 따서 자신이 '마린'으로 불리게 된 것이었다. 그곳에 가면 엄마와 다시 만날 수 있을 것이다. 단서는 마린이 태어나던 날에 이미 주어져 있었던 셈이다. 그때부터 지금까지 이 책은 마린이 자신을 발견해 주길 기다려 왔고.

마린은 그 책을 꺼내 사서에게 건네주었다. 이렇게 해서 샌 프란시스코 인근 해변에 관한 책은 쉽게 찾을 수 있었다.

"아주 잘 찾았구나. 그리고 또……, 캘리포니아 북부의 해 안가에 있는 카운티들을 소개하는 책이 있을 거야."

마린은 두 손으로 책을 감싸 안고 다시 사서를 따라 나섰 다. 앨리스가 앉아 있는 책상에서 점점 멀어졌다. 사서는 안 내 데스크를 힐끔 살펴보았다. 손가락으로 탁자를 두드리며 자신을 기다리거나, 큰 소리로 안내를 청하는 사람은 없었다. 그녀는 자신을 찾는 사람이 없다는 걸 확인하고 마린의 귓가 에 몸을 기울여 속삭였다.

"실은 말이야, 나도 보물찾기를 아주 좋아해."

둘은 함께 장난을 꾸미고 있는 사이처럼 가까워 보였다.

마린은 슬며시 미소를 지었다. 자신의 계획대로 딱딱 들어 맞다니, 모든 것이 완벽했다.

"난 절벽이 있는 해안들 이름을 정리할게. 넌 부서진 배가 있는 해안들 이름을 정리하렴. 그런 다음 딱 일치하는 장소가 있는지 비교해 보는 거야."

둘이서 자료를 찾는 동안 바깥은 안개가 걷혔다. 도서관 창 문으로 햇빛이 쏟아져 들어오자, 책 주위를 떠도는 먼지 입자들이 아른아른 빛났다. 도서관에는 이따금 책장을 넘기는 소리와 벽시계가 똑딱이는 소리만 들릴 뿐이었다.

"어머, 이것 좀 봐!"

사서가 외쳤다.

"쉿!"

마린이 얼른 입술 위로 집게손가락을 갖다 댔다. 그리고 책상 맞은편에 앉아 있는 사서에게로 몸을 기울였다. 책의 한 페이지에는 빽빽하게 설명이 들어가 있었고, 그 옆 페이지에는 펜과 잉크로 그려진 삽화가 있었다. 아슬아슬하게 파도를 넘는 증기선 S.S. 테네시가 그려져 있었다.

사서가 목소리를 가다듬더니 조용조용 책을 읽어 나갔다.

"배가 증기를 내뿜으며 샌프란시스코 만으로 나아갈 때, 짙은 안개가 몰려왔다. 안개가 걷힐 때쯤, 선장은 자신이 향하는 곳이 샌프란시스코가 아닌 오늘날 우리가 '테네시 코브'(캘리포니아 마린 카운티에 있는 태평양 연안의 제방)라고 부르는 '검은 모래 만'이라는 사실을 깨달았다. 이곳에서는 지금도 썰물 때면 녹슨 배의 잔해를 볼 수 있다."

마린은 책에다 코를 박을 정도로 가까이 다가가 삽화를 살펴보았다. 삽화의 끄트머리에는 바다를 향해 깎아지른 듯한 절벽이 보였다.

144

"여기예요."

계속 긴장한 채 침을 꼴깍꼴깍 삼켜서일까, 혀에서는 동전을 올려놓은 듯 쇠 맛이 났다.

"그래도 뭔가 놓친 건 없는지, 나머지 자료도 마저 봐야지."

마린은 고개를 끄덕이며 읽고 있던 해변에 관한 책으로 시선을 돌렸다. 하지만 더 볼 것도 없었다. 저기가 확실했다.

'테네시 코브.'

오랫동안 잊고 있던 기억에서 툭 하고 튀어나온 이름 같았다. 그동안 까다롭게 굴었던 우주가 마침내 소녀에게 행운을 안겨 주려는 것인지도 모른다. 마린은 손가락 끝을 따라가며 절벽에 관한 설명을 읽고 짜릿한 기분을 느꼈다. 온몸이 떨릴 정도로 감격스러웠다. 마침내 어디로 가야 할지 알게 되었다. 언제 가야 하는지도. 이제 그곳까지 가는 방법만 알아내면 된다.

41

땅 아래 잠들어 있는 공룡

압력은 뿜어져 나오기 전까지 점점 더 커진다. 압력이 높으면 높을수록 엄청난 분출이 일어난다.

예를 들면 옐로스톤 국립공원에 있는 올드 페이스풀 간헐천(일정한 간격으로 뜨거운 물이나 열기 등을 뿜어 올리는 온천)은 뜨거운 물이 가득 찬 가마솥과 같다. 압력이 최고조에 이르면 하늘 높이 뜨거운 물보라가 솟아오른다.

산안드레아스 단층 지대(미국 캘리포니아 주의 태평양 연안에 있는 거대한 단층 지대. 오래전부터 큰 지진이 자주 발생했다)는 단순히 간헐천만 흐르는 곳이 아니다. 두 개의 거대한 대륙판이 서로

충돌하는 곳이다.

그곳에서 압력이 높아지면 땅이 약간 흔들리는 것으로 끝날 때도 있다. 하지만 때로는 조금 강한 지진이 일어나기도 한다.

그럴 때면 사람들은 제자리에 멈춰 서고, 창문에서 멀찌감치 물러서고, 머리 위로 뭔가 떨어질까 봐 책상 밑으로 피한다. 그러다가 흔들림이 가라앉으면 다시 일상으로 돌아간다. 지진에 대한 두려움을 마치 어깨에 묻은 먼지라도 되는 것처럼 툭툭 털어내고서.

사람들은 땅 아래에 잠들어 있는 무서운 공룡 같은 지진을 잊어버리려고 한다.

때로는 압력이 무섭게 높아질 때가 있다. 그렇게 오랫동안 쌓이고 쌓인 힘이 분출된다면……. 그때 일어나는 지진은 툭툭 털어 넘길 수 있는 사건이 아니다.

끔찍한 재앙이 시작되는 것이다.

42
아무것도 모른 채

　루시는 아이를 낳아 본 적이 없었다. 소아과 의사가 아니라서 병원에서도 아이들을 만날 기회가 없었다. 친조카들이 있지만 샌프란시스코의 반대편인 동부 해안에 살았다. 기껏해야 마트에서 떼를 쓰는 아이들, 공원에서 즐겁게 뛰노는 아이들, 박물관으로 견학을 와서 줄지어 들어가는 아이들을 보는게 다였다.

　아이들을 가까이에서 지켜본 적이 없었으니, 루시가 마린의 감정을 이해하지 못하는 것도 당연했다.

　조만간 판사의 결정이 내려지면, 마린은 유일한 가족인 엄마를 잃게 된다. 그렇게 되면 이제 영영 엄마를 만나지 못하게 되는 걸까? 얼마나 오랜 시간이 지나야 엄마를 다시 볼 수 있을까?

루시는 마린의 머릿속이 이렇게 복잡한 생각들로 가득하다는 것을 꿈에도 알지 못했다.

루시는 아이들에 대해 모르는 게 너무 많았다. 만일에 대비해 주방 찬장에는 마카로니를, 냉동실에는 치킨너깃을 준비해 둬야 한다는 걸 몰랐다. 오늘 같은 저녁에는 마린이 가지 파르미자나(가지와 치즈, 토마토소스를 층층이 쌓아 오븐에 구운 요리)에 손도 대지 않을 테니까.

또한 루시는 아이들에게 밴드 반창고는 피부에 난 상처에만 붙이는 것이 아니라, 마음도 치료해 주는 것임을 알지 못했다. 그냥 붙이기만 해도 뭔가 안정된 느낌을 준다는 걸.

그런 루시가 마린이 자신을 떠날 계획을 세웠다는 걸 알 턱이 없었다. 지금 이 순간에도 그 계획을 실행에 옮기고 있다는 것도 눈치채지 못했다. 그저 파르미자나를 만드느라 오븐용 그릇에 빵가루를 묻힌 가지와 치즈, 토마토소스를 촘촘히 쌓고 있었다. 아무것도 모른 채.

43

제자리에 머물기

마린은 누구에게도 상처를 주고 싶지 않았다. 특히 루시에게는 더 그랬다. 친절하고 솔직한 그녀는 소녀의 마음을 아프게 할 리 없는 사람이었다. 하지만 지금 마린은 그녀를 걱정할 여유가 없었다. 엄마를 만나러 가야 한다는 생각뿐이었다.

루시가 등을 돌려 요리하는 동안, 마린은 몰래 그녀의 가방에서 핸드폰을 꺼냈다. 연락처 목록을 뒤져서 누군가에게 문자를 보냈다.

소녀는 저녁 식사를 한 다음에는 방에 콕 틀어박혀 있었다. 음식은 먹는 둥 마는 둥 했다. 물론 루시가 차려 준 요리가 고

맙지 않아서가 아니었다. 가지가 미끄덩하고 물컹거려서도 아니었다. 마린이 저녁을 제대로 먹지 못한 까닭은 자신이 이 집에서 살길 바라는 루시의 간절한 마음을 알기 때문이었다.

내일은 엄마를 만나러 가기 위한 계획을 실행에 옮기는 날. 그런데 이상하게, 흥분되지도 않았고 기대감에 부풀어 오르지도 않았다. 오히려 불안한 느낌에 온몸이 바르르 떨렸다.

마린은 『주역』을 펼친 다음, 호주머니에서 동전 세 개를 꺼냈다. 숨을 깊게 한 번 고르고 나서 질문을 던졌다.

"내일 엄마를 만나면 어떤 일이 벌어질까요?"

동전을 여섯 번 던졌고, 매번 수첩에 괘를 표시했다. 아래 세 개는 끊어진 선, 위의 세 개는 직선. 괘의 뜻은 이랬다.

'제자리에 머물기.'

풀이를 읽는 소녀의 얼굴이 점점 일그러졌다. '화해'도 아니고 '성공'도 아니었다. 혹은 '감사'도 아니었다. '제자리에 머물기'라니!

『주역』의 또 다른 이름은 '변화의 책'이었다. 그러니 혼란스럽게 느껴질 수도 있는 변화를 받아들일 마음의 준비가 되지 않았다면, 이 책을 삶의 지침서로 삼아선 안 된다. 이 유교 경전은 인생에 관해 이야기하고 있다. 그리고 인생은 제자리에만 머물러 있지 않는다.

44
행운의 여신에게

루시는 시계를 열두 번도 더 확인했다. 앨리스가 약속 시간에 늦다니, 그녀답지 않았다. 루시는 삼십 분 후에는 수술실에 들어가야 했다. 그런 다음에도 수술 스케줄이 두 개나 더 잡혀 있었다. 집을 나서야 할 시간이 벌써 지나 있었다.

"가셔도 돼요. 혼자 있을 수 있어요. 앨리스 언니가 금방 올 텐데요, 뭘."

마린이 루시의 가방에 바나나를 하나 찔러 넣으며 말했다. 그러고는 그녀를 현관문 밖으로 떠밀었다.

"이제 막 일곱 시가 지난 거니까, 곧 도착할 것 같아요. 오

늘은 같이 과학 박물관에 갈 거예요. 언니도 재밌을 것 같다
고 기대하던데요."

"빨리 병원에 가야 하긴 하는데……."

"정말 괜찮다니까요."

"무슨 일이 있으면 바로 전화해 줄 거지?"

"약속할게요."

루시는 눈을 말갛게 뜨고 자신을 올려다보는 마린을 바라
보며 갈팡질팡했다. 그리고 생각했다.

'친엄마는 어떻게 이 아이를 놔두고 떠날 수 있었을까?'

자신에게는 상상도 되지 않는 일이었다. 그 일이 마린의 마
음을 얼마나 갈기갈기 찢어 놓았을지 헤아릴 수도 없었다. 그
저 자신은 행운의 여신에게 감사하기로 했다. 마린의 상처 받
은 마음을 치유해 줄 사람으로 자신을 선택해 주었으니까.

45
어린 새의 둥지

마린은 창가로 가서 루시가 출근하는 모습을 지켜보았다. 손을 흔들어 보일 생각은 없었다. 미소를 띠울 생각도 안 했다. 하지만 그렇게 마음을 다잡아도, 움찔거리는 손과 슬며시 새어 나오는 미소는 어쩔 수 없었다.

소녀는 집에 이십 분쯤 더 머물렀다. 루시가 혹시 뭔가를 깜빡 하고 안 가져가 다시 집에 돌아올지도 모르니까. 그동안 절벽까지 가는 길을 확인하고 또 확인했다. 긴장한 탓인지 목이 말라 물 한 컵을 다 마셨더니 오줌이 마려웠다. 버스를 놓치게 될까봐 걱정되었다.

이제 집을 나설 때였다. 마린은 복도를 지나, 계단을 내려가, 로비를 가로질러, 도어맨의 눈에 띄지 않게 몸을 숙여 잽싸게 회전문을 밀었다. 살금살금 휘리릭 걸어 나와 마침내 마린 카운티로 출발했다.

길모퉁이에는 손님을 기다리는 리무진 택시가 서 있었다. 택시 운전사는 마린을 보고 어쩌면 '저 어린아이가 혼자 돌아다녀도 될까?' 하고 이상하게 생각했을지도 모른다. 길 가게에서는 잘 익은 복숭아와 아보카도를 한 무더기씩 쌓아 팔고 있었다. 샌프란시스코 내륙 지방의 과수원에서 가져온 과일들이었다. 상인들이 소녀를 불러 세워 보호자의 전화번호를 물어볼지도 몰랐다. 정말로 혼자 다녀도 되는 건지 확인해 보려고 말이다. 방금 오토바이로 부웅 소리를 내며 지나간 택배 기사도 잠시 멈춰, 소녀에게 어디로 가는지 물어볼 수도 있었다. 그러나 아무도 그렇게 하지 않았다.

마린은 길을 건너 버스 정류장으로 갔다. 버스가 끼이익 소리를 내며 멈춰 섰다.

버스 브레이크 소리에 깜짝 놀란 연통 부엉이의 눈이 휘둥그레졌다. 이럴 땐 뭐랄까, 진짜 부엉이처럼 눈을 몇 번 끔뻑였다. 쉬익 소리를 내며 버스 문이 열렸다. 소녀는 버스에 올라타 기사에게 손을 쭉 뻗어 손바닥에 있는 요금을 보여 주

었다.

소녀의 뒤로 문이 닫히고, 덜컹 하며 버스가 출발했다. 부엉이는 눈을 깜빡였다.

'어린 새는 보호자와 오랫동안 떨어져선 안 돼. 혼자서 둥지를 떠나는 건 절대 안 되고!'

부엉이는 연통 끝으로 걸음을 옮겼다. 고개를 쭉 빼고 모퉁이를 크게 돌고 있는 버스를 지켜보았다.

'지금이야말로 내가 필요한 때인지로 몰라.'

부엉부엉, 부엉이는 활기차게 소리 냈다.

부엉부엉! 날개를 활짝 펴고 연통에서 날아올랐다.

46

불편한 마음

버스는 수많은 거리를 지나고 언덕을 오르내렸다. 다양한
사람들이 버스를 탔다. 한 아주머니는 장바구니를 들고 있었
는데, 그것은 자두주스 병과 절인 생선 통조림 때문에 축 늘
어져 있었다. 닳아빠진 악기 가방을 들고 있던 거리의 음악가
들도 있었다. 수족관으로 소풍 가는 유치원생들 때문에 버스
가 시끌벅적해지기도 했다.

소녀는 마린 카운티로 어떻게 가야 하는지 이미 잘 외워
두고 있었다. 그런데도 마음은 불편하기만 했다. 루시에게는
거짓말을 하고 싶지 않았다. 사실은 루시가 좋았다. 그녀의

모든 것이 좋았다. 마린은 루시의 집에서 그녀와 함께 행복하게 살기로 결심할 수도 있었다. 지금까지, 엄마를 다시 만나겠다는 마음으로만 살지 않았다면 말이다.

이제 버스를 갈아타야 했다. 버스가 천천히 정류장에 들어서는 동안, 마린은 의자 옆의 기둥을 붙잡았다. 문이 열리자 서둘러 계단을 내려와 인도를 밟았다. 어깨 높이까지 오는 버스 바퀴가 서서히 움직이자, 배기가스가 뿜어져 나와 눈이 아렸다. 소녀는 정류장 벤치에 앉아 눈을 비비며 휴대 전화로 시간을 확인했다.

도로 위에서는 차들이 경적을 울리며 차선을 바꿔 쌩쌩 지나갔다. 버스들은 온종일 도로를 누비고 다녔다. 도시 곳곳을, 언덕길을, 해안가를.

정류장 벽에 붙어 있는 지도를 살펴보았다. 그리고 다시 고개를 돌려 도로 쪽을 바라보았다. 4번 버스는 육 분 안에 도착할 예정이었다. 마린은 다시 한 번 시간을 확인했다. 그리고 아까부터 땅바닥에 퍼질러 앉아 있는 남자와는 눈을 마주치지 않으려고 애썼다. 그 남자는 알아들을 수 없는 소리로 중얼거렸고, 그럴 때마다 잔뜩 헝클어진 회색 수염이 들썩거렸다. 겁을 먹은 마린은 딱딱한 벤치에서 몸을 웅크렸다.

루시가 같이 있었으면 좋겠다는 생각이 들었다.

47

어디를 가는 거니?

연통 부엉이는 시력이 엄청 좋았다. 하늘 높이 날면서도 땅에서 종종거리는 들쥐를 발견할 수 있었다. 아주 깜깜할 때조차 아주 작은 것까지도 다 볼 수 있었다. 최첨단 야간 투시경을 쓴 것처럼 말이다.

많은 자동차들 사이를 파고든 버스, 의자 아래로 흘러내린 마린의 카디건 끝자락을 알아보는 것쯤이야 식은 죽 먹기였다.

다쳤던 날개가 쑤셔 왔다. 어린 소녀를 쫓아 도시를 가로지르며 한참을 날아왔기 때문이다. 얼마나 더 날 수 있을지 걱

정스러웠다.

소녀는 얼마나 더 먼 곳으로 가려는 걸까?

부엉부엉.

버스가 왼쪽으로 방향을 틀었다.

'아휴.'

부엉부엉, 지붕 위에서 잠시 쉬고 있던 부엉이가 한숨을 내쉬었다.

부엉부엉.

서둘러 발을 떼고 날개를 펼쳐, 버스를 뒤따라 미끄러지듯 날아갔다.

48

배낭을 고쳐 메다

마린은 만자니타(캘리포니아 주 샌디에이고 카운티에 있는 지역의 이름) 환승 주차장에 내렸다. 버스가 해안 고속도로를 타고 사라질 때까지 가만히 서 있었다.

소음들이 뚝 끊기고 고요함이 감돌자, 오히려 귀가 먹먹해졌다. 버스가 멈출 때마다 끼익 하던 브레이크 소리, 버스 뒤편에서 쫑알거리던 여자의 목소리, 도로에서 차들이 휘잉 하고 스쳐 가던 소리가 금방이라도 다시 들릴 것 같았다.

호주머니에서 핸드폰을 꺼내 지도앱을 눌렀다. 지도에서 파란색으로 깜빡이는 점이 현재 위치를 나타내 주었다. 고속

도로 두 개가 만나는 교차점에 서 있다는 사실을 깨닫는 순간, 지금부터 가려는 해안가가 끝없이 멀게만 느껴졌다.

마린은 배낭을 고쳐 멨다. 신호등이 초록색으로 바뀌자, 도로를 건너 인도로 올라섰다. 지도의 깜빡이는 점도 앞으로 나아갔다. 저 앞에서 시냇가가 나오기 직전에 길을 꺾어 들어가야 한다.

길 건너 모텔에서 커피콩 볶는 냄새가 풍겨 왔다. 콧구멍을 벌렁거리던 마린의 배에서 꾸르륵 소리가 났다. 버스 안에서 이미 치즈 한 줄과 사과 하나를 먹어 치웠는데. 샌드위치는 아직 먹으면 안 된다. 아껴 둬야 했다. 가야 할 길이 멀었으니까. 먹을 것을 좀 더 챙겨 올걸 그랬다.

49
↖ 산을 옮기려면 작은 돌부터

부엉이는 마린의 머리 위를 날고 있었다. 소녀의 걸음을 따라 찬찬히. 오른쪽에는 시냇가, 뒤쪽에는 소금기 가득한 습지, 저 너머에는 거친 바다가 있었다.

소녀가 걸음을 옮길 때마다 배낭에 든 생수 두 통이 출렁거렸다. 그녀가 버스에서 내려 걷기 시작하니, 아픈 날개 때문에 힘들었던 부엉이는 좀 편해졌다. 다쳤던 부위가 욱신거리긴 했지만 다행히 중간중간 나무의 굵은 가지에 앉아 쉴 수 있었다.

고속도로를 따라 심겨진 나무들은 아무런 방해 없이 하늘을 향해 쭉 뻗어 있었다. 바다에 가까워질수록 땅딸막한 나무들도 보였다. 날마다 바닷바람을 맞으며 소금기를 뒤집어쓴 탓이다.

고속도로를 벗어나자 인도가 끊겼다. 소녀는 이제 구불구불한 흙길에 웃자란 풀들을 밟으며 나아가야 했다. 하늘에서 내려다보니 소녀는 정말로 작아 보였다. 복잡하고 화려한 도시에서 높은 건물과 케이블카, 키 큰 어른들에게 둘러싸여 있을 때보다 훨씬 작아 보였다.

'어린 새가 왜 이렇게 멀리까지 온 걸까?'

분명히 엄청나게 중요한 일 때문일 것이다. 소녀의 몸집보다 훨씬 큰 문제 때문일 것이다.

부엉이는 생각했다.

'부엉부엉, 산을 옮기려면 작은 돌부터 하나씩 날라야 하지.'

50

제 딸을 찾으러 가야 해요

루시가 첫 번째 수술을 끝내고 나왔다. 수술복과 마스크, 장갑을 벗고 손에 묻은 소독제를 씻어 낸 다음 핸드폰을 꺼냈다. 수술실에 들어가기 전에는 항상 아이 돌보미에게 문자를 보냈다. 수술을 끝내고 나오면 답 문자가 와 있었다.

앨리스의 답 문자는 대체로 그때까지 마린과 뭘 하고 보냈는지를 알려 주는 내용이었다. 공원까지 산책을 했다든지, 오전 내내 조용히 책을 읽었다든지, 꽃집에서 수수께끼 같은 시간을 보냈다든지.

그런데 이번에는 아무런 문자도 없었다. 그 대신 다섯 통의

부재중 전화와 두 건의 음성 메시지가 와 있었다.

루시는 얼른 앨리스에게 전화를 걸었다. 핸드폰을 움켜잡은 손이 덜덜 떨렸다.

"루시 선생님, 저 앨리스예요. 아침에 보내신 문자 보고 깜짝 놀랐어요. 어떻게 된 거예요? 저 오늘은 댁에 안 가기로 했잖아요. 선생님께서 마린과 함께 보내기로 했다고 어제 문자 주셨잖아요. 계속 전화를 안 받으시네요. 어떡하죠……. 그럼 지금 마린이 집에 혼자 있는 건가요? 몇 시간째 수술 중이신 것 같은데……. 일단 제가 댁으로 가 볼게요. 가서 마린이 잘 있나 확인해 볼게요."

루시는 떨리는 손으로 문자 발신 기록을 찾아보았다. 앨리스의 말대로 그런 문자 내용이 있었다. 하지만 그것은 자신이 보낸 문자가 아니었다.

도대체 어떻게 된 일인지 침착하게 생각해 보려고 애썼다. 머릿속에서 퍼즐 조각이 맞춰지듯, 마린의 수상쩍은 행동들이 떠올랐다.

루시는 얼굴이 하얗게 질린 채 핸드폰을 떨어트렸다.

'마린, 무슨 짓을 한 거니?'

루시는 어떻게 핸드폰을 주워 들고 간호사실로 갔는지도 몰랐다. 제정신이 아니었다. 핸드폰을 귀에 대고 다음 음성 메시지를 들었다.

"선생님? 지금 댁에 왔는데, 마린이 없어요. 메모를 남겨 뒀
는데……. 읽어드릴까요? 그래야 할 것 같은데……. 괜찮으시
겠죠? 죄송해요. 읽을게요. '나가서 찾을 게 있어요. 걱정 마세
요.' 선생님, 너무 걱정돼요. 마린이 돌아올 수도 있으니까, 저
는 댁에 있을게요. 마린한테 연락 오면 바로 전화 드릴게요."

다른 메시지는 없었다.

"루시 선생님, 괜찮으세요?"

옆에 있던 간호사가 걱정스럽게 물었다.

"저기, 미안하지만 나머지 수술은 다른 선생님께 좀 부탁해
주세요."

"네?"

"미안해요. 지금 빨리 가야 해서."

사람들은 엄마가 아기를 낳을 때에는 상상도 안 될 정도로
엄청난 고통을 겪게 된다고들 한다. 그런데 엄마는 아기를 낳
아 처음으로 품에 안는 순간, 그 고통을 남김없이 잊어버린다.

그리고 사랑이 무엇인지 새로이 깨닫게 된다. 엄마는 아이
를 위해서라면 자신의 모든 것을 다 내어놓는 존재가 된다.
자식을 지키기 위해서라면 목숨까지도 내어놓을 수 있다고
말한다. 자식의 안전을 위해 사납게 달려오는 곰과도 싸울 수

있다고.

다른 엄마는 어떨까? 자신이 낳지는 않았지만, 낳은 것만큼이나 아이를 소중하게 여기는 엄마라면?

그런 엄마에게도 똑같은 변화가 일어난다. 비록 그 시기와 모습은 다르더라도. 세상은 혼자 살아가는 곳이라는 생각을 버릴 때, 세상은 소중한 존재와 함께 마음을 나누며 살아가는 곳이라고 깨닫게 될 때, 그녀는 엄마가 된다.

루시는 마린에 대한 떨림으로 그런 변화를 느꼈다. 그녀는 문을 향해 내달리며 소리쳤다.

"제 딸을 찾으러 가야 해요!"

51

둘 중 하나

북아메리카판과 태평양판은 수백 년 동안 서로 밀고 밀리며 부딪쳐 왔다. 상대방의 방해 없이 휴식을 취하기 위해. 혼자 북아메리카 대륙을 차지해서 떠받치기 위해. 바다와 숲, 도시 사이의 균형을 유지하기 위해.

북아메리카판과 태평양판은 해마다, 날마다 부딪치고 또 부딪쳤다. 하지만 두 가지가 같은 공간을, 동시에 차지할 순 없다. 어느 한쪽은 자리를 양보해야 한다. 엄마도, 소원도, 지각판도. 둘 중 하나여야 한다.

52

마음이 텅 빈 것 같아

등산로 입구는 조용했다. 월요일 아침부터 산에 나와 있는 사람은 아무도 없었다.

마린은 텅 빈 주차장을 둘러보았다. 저 멀리 산길이 시작되는 곳을 내려다보고, 언덕 너머로 사라진 자갈길도 내려다보았다. 지도앱에서는 고속도로에서 등산로 입구까지 구불구불한 선으로 표시되어 있었다. 동네 산책길처럼 쉽게 걸을 수 있을 것처럼 보였다. 하지만 마린은 벌써 지쳐 있었다. 목마르고 피곤했다. 핸드폰 충전량을 표시하는 빨간 선이 하나로 떨어져 있었다. 그냥 등산로 입구에 있는 벤치에 앉고 싶었다. 한 걸음도 더 내딛기 싫었다.

여기 오는 것이 아니었다. 다른 아이들처럼 공원에서 놀거나, 박물관 견학을 하거나, 집에서 책을 읽고 있어야 했다. 친엄마가 엄마 노릇을 하게 만들겠다며, 그녀를 찾아 나서는 게 아니었다. 세상일은 그렇게 생각대로만 되는 게 아니니까.

루시는 마린과 함께 있고 싶어 했다. 소녀가 조용하고 키우기 쉬워 보여서가 아니었다. 못된 말을 하고 버릇없이 굴어도 한결같이 따스하게 대해 주었다. 왜, 친엄마에게는 이런 마음이 없는 걸까? 루시가 소녀를 원하는 마음의 절반조차도 없는 것일까?

마린은 계속 걸었다. 구름이 태양을 가리자, 하늘과 수평선은 금세 우울한 회색빛으로 변했다. 드디어 검은 모래벌판이 끊기고 등산로가 나타났다. 마린은 파도에 밀려온 통나무로 터벅터벅 걸어가 앉았다. 양쪽 뒤꿈치에 물집이 잡혔고, 어깨는 배낭끈에 쓸려 따가웠다.

배에서 다시 꼬르륵 소리가 났다. 배고프고 피곤했다. 그리고 혼자였다.

꼬르르륵!

먹을 것이 다 떨어지면 어쩌나 걱정되긴 했지만, 어쩔 수 없었다. 가방에서 샌드위치를 꺼내 한입 베어 물었다. 빵 부스러기 하나라도 떨어트리지 않으려고 한 손을 턱밑에 받치 기까지 했다.

파도가 반달 모양의 만으로 밀려들어 왔다가 다시 쏴아아 하며 빠져나갔다. 파도 소리와 바람 소리가 들렸다. 먹이를 두고 시끄럽게 싸우는 갈매기 한 쌍의 소리도 들렸다. 그리고 양쪽으로 솟아 있는 절벽은 이 모든 소리를 포근하게 감싸고 있었다.

마린은 샌드위치를 오물거리며 계속 절벽 위를 힐끔거렸다. 밑에서 보면 그곳에는 아무도 없는 것 같았다. 아직까지는.

마린은 한숨을 내쉬었다. 배낭을 다시 메고 싶지 않았다. 절벽을 올라가고 싶지도 않았다. 하지만 여기까지 어떻게 왔 는데, 여기서 멈출 순 없었다.

다시 무거운 발걸음으로 걷기 시작했다. 양말 안으로 모래 알이 들어와 뒤꿈치에 잡힌 물집을 건드렸다. 사포로 문지르 는 것처럼. 마린은 절벽으로 오르는 가파른 길에 들어섰다. 자갈 때문에 자꾸만 발이 미끄러졌다. 절반도 오르기 전에 얼 마나 넘어졌는지, 손바닥과 팔꿈치에서 피가 났다. 한 가닥으 로 묶었던 머리카락에서 고무줄이 흘러내렸다. 머리카락이 삐져나와 땀에 젖은 이마와 목에 들러붙었다.

마침내 절벽 꼭대기에 다다랐을 때, 시원한 바람이 불어왔

172

다. 가파른 길 때문에 미안하다고 사과라도 하는 듯. 덕분에 땀에 젖은 몸은 식힐 수 있었다. 하지만 힘이 다 빠져 제대로 서 있기조차 힘들었다. 여기저기 긁히고, 까지고, 더러워졌다.

기대와 달리, 마음이 들뜨지도 않았다. 그렇다고 걱정되거나 조마조마하지도 않았다. 그저 마음이…… 텅 빈 것 같았다. 오랫동안 엄마와 다시 만나게 될 날을 꿈꿔 왔다. 하지만 이런 기분이 들 것이라고는 상상도 하지 못했다.

53
가출 사건

전화를 끊은 길다는 서둘러 책상 밑에 하이힐을 벗어던지고 테니스화를 신었다. 계단을 뛰어 내려가서, 문을 연 채 자신을 기다리는 콜택시에 올라탔다. 길다가 아직 문도 닫지 않았는데, 루시가 운전사에게 재촉했다.

"테네시 코브로 가 주세요. 어서요!"

"진담이세요? 거기까지는 거의 두 시간이나 걸려요. 추가 비용을 내셔야……."

"얼마가 나오든 상관없어요!"

택시가 출발하자, 루시는 등을 뒤로 기대어 길다에게 고개를 돌렸다.

"이렇게 와 주셔서 감사해요. 다른 방법은 생각이 안 나서
요."

루시의 무릎에 놓인 핸드폰에는 해안가의 지도가 펼쳐져
있었다. 모래벌판과 바다의 경계선에서 점 하나가 깜빡거렸
다.

"아이가 도망간 건가요?"

"잘 모르겠어요. 아마도……."

"핸드폰을 추적하신 거예요?"

루시가 고개를 끄덕였다. 핸드폰 속 점은 아직 같은 장소에
서 깜빡거리고 있었다.

"마린이 왜 이러는 걸까요? 제가 뭘 잘못한 거죠?"

택시가 재빨리 차선을 바꿨을 때, 길다가 고개를 가로저으
며 대답했다.

"당신 때문에 그러는 건 아닐 거예요. 아마도 트라우마(이전
에 겪은 아픈 경험이 마음에 상처를 남겨, 괴로움에 시달리게 되는 증상)
때문일 거예요. 거부 당하고 버림받은 경험은 큰 상처를 남기
죠. 그건 몸에 난 상처보다 훨씬 더 위험한 거예요."

"그 아이가 바라는 게 뭔지 잘 모르겠지만……. 그곳에서 뭔
가 찾고 싶은 게 있다고 말했다면, 저는 얼마든지 같이 가 줬

을 거예요. 저한테 부탁했다면, 그게 뭐든 들어줬을 거예요."

길다는 다시 앞을 향해 몸을 돌렸다. 의자에 미끄러운 비닐 시트가 씌워져 있어, 움직일 때마다 뻑뻑 소리가 났다.

"어쨌든 전 이번 일을 상부에 보고할 수밖에 없어요. 이런 말씀을 드려서 죄송하지만, 그럼 법원에서 마린을 댁으로 돌려보내지 말라는 결정을 내릴 수도 있고요."

"안 돼요! 제발 저한테서 마린을 빼앗아 가지 마세요!"

루시가 길다의 팔을 세게 붙잡고 애원했다.

"규정이라 어쩔 수 없어요. 아동보호국에는 가출 사건에 대한 원칙이 있어요. 운이 좋으면 입양 절차가 중단되진 않을 거예요. 하지만 입양이 결정되기까지 오래 기다려야 할 겁니다."

루시는 얼굴을 두 손에 파묻었다.

"당신에게 전화하는 게 아니었는데……. 마린을 안전하게 데려오고 싶어서 전화한 거예요. 우리 둘이 가면 적어도 한 명의 말은 들을 테니까요."

택시는 도시를 빠져나갔다. 루시는 차창에 머리를 기댄 채 밖으로 스쳐 가는 흐릿한 건물들을 멍하니 바라보았다.

54

안개에 사로잡힌 듯

안개는 재미난 현상이다. 특히 샌프란시스코나 그 주변에서는 더욱 그렇다.

샌프란시스코에 여행 온 관광객들은 유명한 곳들을 찾아다닌다. 금문교를 구경하거나, 바다로 고래를 보러 나가거나, 알카트라즈 섬으로 향한다. 그런데 희한하게도 그런 날이면 짙은 안개가 자욱하게 끼어, 구경 시켜 주는 사람이나 구경하는 사람이나 아쉬움에 발을 동동 굴리게 된다.

바닷가 절벽에서도 다르지 않았다. 절벽에서 누군가를 기다릴 때에도, 그 사람이 이곳으로 올지 건너편 절벽으로 갈지

알 수 없을 때에도 안개가 몰려왔다. 그래서 자신의 손끝 너머로는 아무것도 보이지 않게 만들어 버렸다.

물론 안개가 심술을 부리는 것은 아니다. 그저 호기심이 많을 뿐이다. 누군가 뭔가를 할 때, 자신도 함께 그 뭔가를 하고 싶은 것이다. 그래서 마린이 엄마를 기다리는 동안, 안개는 소녀의 주위를 빽빽하게 둘러쌌다. 소녀의 머리카락과 카디건에 작은 물방울을 잔뜩 뿌리면서.

마린은 무릎을 가슴팍까지 끌어당긴 채 웅그리고 앉아 있었다. 관광객이라면 그곳에서 바다를 감상했을 것이다. 하지만 마린은 바다에서 등을 돌려 육지를 향하고 있었다. 시간이 한참 흘렀다. 가져온 음식은 다 먹었고, 물병도 한 통을 다 비웠다. 기다리는 동안 시간을 때울 책이나 놀이용 카드 같은 건 가져오지 않았다. 목적지까지 가는 것에만 온 신경을 집중했으니까.

예상했던 시간에 맞춰 절벽을 찾아 올라왔는데, 아무 일도 안 일어나다니, 이럴 줄은 정말 몰랐다. 호주머니에 손을 넣어 동전 세 개를 만지작거렸다. 지금 질문을 던질 수도 있다. 흙투성이인 바위에 동전을 던지고, 이제부터 어떻게 하면 좋을지 『주역』에 물어보면 된다.

하지만 마린은 녹슨 동전을 몇 번이고 꺼내 들면서도 그렇게 하지 않았다. 손바닥에 올려놓고 빤히 내려다보기만 할 뿐이었다. 아주 오래 전부터 엄마에게로 돌아갈 수 있길 바라며 동전을 던지고, 질문을 하고, 소원을 빌었다. 그렇게 해서 지금 이곳에 와 있었지만, 자신이 생각했던 것과는 너무 다른 상황을 마주하고 있었다.

엄마의 이름도 알고 생일도 알고 있었다. 심지어 가장 좋아하는 장소까지도. 태양 빛을 가리던 엄마의 얼굴도 떠올랐고, 자신의 살갗에 스치던 구불구불한 갈색 머리카락도 기억났다. '엄마는 이런 사람일 거야' 하고 자신이 바라는 모습으로 엄마를 상상했고, 엄마를 다시 만나면 이제 행복하게 같이 살면 될 것이라는 상상도 했다. 그런 상상을 진짜인 것처럼 머릿속으로 되새기고 되새겼다.

하지만 마린은 서머 그린을 알지 못했다. 안개가 자욱한 절벽에서 엄마가 오기만을 기다리던 그때, 지금껏 안다고 생각했던 것들이 안개에 사로잡힌 듯 희미해졌다.

55

그냥 널 낳기만 한 사람이야

마린은 자기도 모르게 잠이 들어 버렸다. 절벽에서 흙먼지가 일어나 얼굴을 덮쳤을 때, 깜짝 놀라 눈을 떴다. 온 세상이 가로로 누워 있었다. 그리고 슬리퍼를 신은 누군가의 발이 보였다.

마린은 부스스 일어나 앉아 눈을 비비고는 그 사람을 올려다보았다. 얼굴이 잘 보이지 않았다. 눈에 보이는 것이라곤 햇빛을 가로막은 그림자, 길게 늘어트려진 짙은 갈색의 구불구불한 머리카락뿐이었다.

마린은 볼에서 흙먼지를 털어 냈다. 제멋대로 뻗친 머리카락을 귀 뒤로 넘겼다. 그리고 다시 눈을 비비고는 물었다.

"엄마?"

소녀의 입에서 그 단어가 나왔을 때, 바람은 그 단어를 붙잡고 여자의 귓가를 지나 온몸을 휘감았다. 바람이 불었다. 여자의 블라우스 소매가 종 모양으로 부풀어 펄럭였고, 찢어진 청바지에서는 하얀 실밥이 나부꼈다.

마린은 실눈을 뜬 채 그림자가 진 여자의 얼굴을 바라보며 다시 물었다.

"서머 그린 씨?"

"맞아."

소녀는 자리에서 일어나 옷에 묻은 흙을 털어 내고 차분하게 말했다.

"그럼 제 엄마시네요."

여자는 소녀에게서 몸을 돌려 바다를 내려다보았다. 코는 마린이 기억했던 것보다 뾰족했다. 눈가와 입가에는 예전에 없던 주름이 져 있었다. 그래도 엄마가 틀림없었다.

"그렇게 불렸던 건 아주 오래전 일인데."

서머가 뒤를 돌아 자기 앞에 선 소녀를 지그시 바라보았다. 마린은 그제야 엄마의 손에 뭔가 들려 있다는 걸 알아챘다. 머리에 동전 구멍이 나 있는 개구리 저금통이었다.

"난 그런 사람이 아니야. 엄마가 되는 건 내 길이 아니었거든. 처음부터 그랬어."

마린은 뒤로 늘어진 카디건을 앞쪽으로 당겨 옷매무새를 가다듬고 두 손을 가지런히 모았다. 서머가 고개를 옆으로 돌렸다.

"그래도 날 닮긴 했구나. 눈은 확실히 나야. 턱은 네 할아버지를 닮았고."

서머는 개구리 저금통을 땅에 내려놓았다.

"나한테 물어보고 싶은 게 있겠지? 당연한 일이야. 좋아, 물어봐."

역시, 마린의 생각대로 되는 일은 아무것도 없었다. 서로를 향해 달려와 부둥켜안는 일은 없었다. 엄마가 진심 어린 사과를 하는 일도 일어나지 않았다. 마린에게 미안해 하기는커녕, 소녀가 지금 그곳에 있어서 짜증난 것처럼 보이기도 했다.

물어보고 싶은 것? 준비해 간 질문 같은 건 없었다. 그런 게 필요하게 될 줄은 몰랐다. 이번 만남이 마지막이 될 거라는 생각은 꿈에도 하지 않았다. 자신을 이 세상에 태어나게 해 준 여자에게 궁금한 것을 물어볼 수 있는 기회가 이젠 영영 없을 수도 있었다.

마린은 바람을 맞으며 서머에게 한 걸음 다가섰다.

"왜 저한테 연락처도 안 남겼어요? 한동안 떠나 있어야 했다면, 왜 저를 이모나 할머니 같은 다른 가족에게 맡기지 않은 거예요? 다른 가족이 없다면, 최소한 끝까지 날 돌봐 줄 수 있는 사람에게 맡겼어야죠. 왜 저를 낯선 사람들 손에 옮겨 다니도록 내팽개쳐 둔 거예요?"

마린의 목소리가 떨렸다. 누군가 어깨를 쥐고 세차게 흔드는 것처럼.

"왜 한 번도 저를 안 찾은 거예요?"

"널 맡길 만한 사람이 없었어. 가족이라곤 세상에 너랑 나, 딱 둘 뿐이었지."

서머는 길고 구불구불한 머리카락을 어깨 뒤로 넘기고 깊은 한숨을 내쉬었다.

"아무튼 난 네 엄마라고 할 수 없어. 그냥 널 낳기만 한 사람이야. 엄마는 너그럽고 참을성도 많고 차분한 사람이 할 수 있는 거야. 난 그런 걸 못하는 사람이고. 널 낳았을 때도 엄마가 되지 못할 거라고 확신했지. 난 너한테 기회를 준 거야. 엄마가 되길 싫어하는 사람에게 매여 있는 것보다, 좋은 엄마를 만날 수 있는 기회 말이야. 그게 더 낫지 않니?"

"저는 당연히……."

"그 대답은 안 들을게. 대체 날 어떻게 찾아낸 거야? 왜 날

찾아온 거야?"

마린은 숨소리까지 떨리고 있었다. 애써 침착하게 숨을 깊이 들이마신 후 입을 열었다. 지금이 아니면 다시는 말하지 못할 것 같았다.

"엄마랑 다시 가족이 되고 싶어서요."

서머는 황당한 소리를 들었다는 듯 어리벙벙한 표정으로 마린을 바라보았다. 이내 어깨를 으쓱하고는 고개를 절레절레 흔들었다. 그러고도 한참 동안 마린을 보다가, 마지막 말을 내던졌다.

"널 원하지 않는 사람에게 엄마가 돼 달라고 매달리다니, 너 어디가 좀 모자란 거 아니야?"

그때 갑자기 쿵 하는 소리가 났다. 숲에서 커다란 나무가 쓰러졌거나, 절벽의 바윗덩어리가 바다로 떨어졌을지도 모르겠다. 그런데 마린에게는 온 세상이 무너져 내리는 소리처럼 들렸다. 절벽이 쩍 하고 갈라지는 듯한 소리가 해변 전체에 울려 퍼지고 있었다.

엄마는 마린을 원하지 않았다. 예전에도, 지금도, 단 한 번도 마린을 원한 적이 없었다.

다들 그렇게 말했다. 위탁 가정에서 함께 살았던 아이들도, 탈룰라 아줌마도, 길다 복지사님도 그랬다. 소녀는 그들의 말을 결코 믿지 않았다. 하지만 그들의 말이 맞았다.

마린은 자리에 털썩 주저앉았다. 뜨거운 눈물이 얼굴을 타고 흘러내렸다. 해안에서 소용돌이치다가 비탈로 솟구쳐 올라온 바람이 두 볼을 만져 눈물을 닦아 주는 것 같았다.

"마린!"

어디선가 소녀를 찾는 목소리가 어렴풋이 들려왔다. 여전히 파도치는 소리가 났고, 그 뒤로 세상이 무너지는 듯한 소리도 들렸다.

"마린!"

하지만 다시, 애타게 소녀를 찾는 목소리가 또렷하게 들려왔다. 점점 더 크게 부르짖는 목소리가.

"마린!"

루시였다. 저 아래 해변에 루시가 있었다. 수술복을 입은 그대로 달려오고 있었다. 항상 단정했던 머리카락은 바람에 날려 얼굴을 휘감고 흐트러져 있었다.

몇 걸음 뒤에는 길다가 허리를 구부려 양손으로 무릎을 짚은 채 어깨가 들썩일 정도로 거친 숨을 내쉬고 있었다. 덤불을 헤치고 발이 푹푹 빠지는 모래벌판을 걷는 것은 사회복지사에게 익숙한 일이 아니었다.

루시는 해안가를 내달려와 모래벌판에서 힘겹게 한 걸음

한 걸음을 떼며 절벽 쪽으로 나아갔다. 그때, 마린은 이미 그녀를 만나기 위해 절벽을 내려가고 있었다. 자갈 때문에 몇 번이고 균형을 잃어 나동그라질 뻔했지만 멈추지 않고 힘차게 달려 내려갔다.

마침내 모래벌판에 도착한 마린은 루시에게로 달려가 그녀의 목을 감싸 안고 어깨에 얼굴을 파묻었다. 두 팔에 힘을 주고 새엄마를 꼭 끌어안았다.

루시는 마린을 품에 안고 어깨를 토닥여 주었다. 그리고 절벽 위를 올려다보았다. 한 여자가 뭔가를 던져 깨트렸다. 휘몰아치는 바람을 타고 종잇조각들이 흩날렸다.

하지만 마린은 두 번 다시, 절벽 위를 올려다보지 않았다.

56

속도가 느린 건 괜찮아

부엉이는 소녀가 보호자들과 함께 천천히 검은 모래벌판을 지나, 등산로 입구로 가는 모습을 지켜보았다. 집으로 돌아가는 방향이었다.

소녀는 안전했다.

부엉이도 이제 집에 갈 수 있었다. 절벽으로 고개를 돌려 보았다. 그곳에 바람을 맞으며 외로이 서 있는 한 여자가 보였다.

부엉이는 부리를 딱딱거리며 공기 중에 가득한 바다 냄새를 맡았다. 그리고 어스름한 하늘에 떠오르는 달을 바라보다

가, 소녀의 얼굴을 타고 흐르던 눈물을 떠올렸다. 가슴 아픈 눈물이었다.

부엉부엉, 부엉이는 생각했다.

부엉부엉.

이제 집으로 돌아가자. 해안선을 따라가면 바람의 방해를 받겠지만 비행 거리는 훨씬 짧아질 것이다. 부엉이는 지금까지 앉아 있던 상록수 가지에서 뛰어내렸다. 땅 가까이 내려가더니 다시 부드럽게 날아올랐다.

집으로 향하면서 이따금씩 나뭇가지에, 등대의 둥근 지붕에, 주홍빛 금문교에 앉아 휴식을 취했다.

부엉부엉, 부엉이는 되뇌었다.

'부엉부엉, 속도가 느린 건 괜찮아. 중간에 포기하지만 않으면 돼.'

57
규정은 규정이다

택시 뒷좌석에는 사람이 세 명으로 늘어나 있었지만, 금문
교를 지나 시내로 들어오는 동안에도 차 안은 조용했다.

길다는 허리를 꼿꼿이 세우고 앉아 앞만 보았다. 그녀는 담
당 아동에게 문제가 생겼다는 연락을 받으면 어디든 달려가
야 했다. 그것이 그녀의 일이었다. 하지만 지금은 왠지 마린
과 무시에게 방해꾼이 된 것 같았다. 그들의 오붓한 시간을
방해하고 있다는 느낌을 떨칠 수 없었다.

길다의 옆에는 마린이 새엄마의 무릎을 베고 누워 있었다.
머리카락이 얼굴을 가리고 있어 어떤 표정을 짓고 있는지는

알 수 없었다. 루시는 한 손으로는 소녀의 어깨를 감싸고 한 손으로는 그녀의 머리를 쓰다듬었다. 마린이 안전하게 보호 받고 있다는 것을 느낄 수 있도록.

그 모습을 슬며시 바라보던 길다는 가슴이 답답해졌다. 뭔 가 돌처럼 묵직한 것이 가슴을 짓눌렀다. 상부에 이 일을 보 고해야 한다. 사회복지사로서의 의무가 이토록 어려운 것이 될 줄이야……

그래도 규정을 따라야 한다. 규정을 따르지 않을 거라면 오 늘 하루 종일 종종걸음을 친 이유가 뭐란 말인가? 도대체 무 슨 일을 하고 돌아다닌 걸까?

어쩌면 마린은 도망친 게 아닐지도 모른다. 그럴 생각은 없 었을 것이다. 루시에게 메모를 남겨 뒀으니까. 오, 이런, 루시 의 눈을 봐. 소녀를 바라보는 저 따스한 눈빛을……

아니다. 규정은 규정이다. 그건 지키라고 있는 것이다.

길다에게는 선택의 여지가 없었다. 무조건 규정을 따라야 하는 것이 자신의 의무였다. 내일 아침에 출근하자마자 이 일 을 보고할 것이다.

58
가장 중요한 것

살다 보면 그런 날이 있다. 너무너무 끔찍해서, 언젠간 나아질 것이라는 실낱같은 희망조차 가질 수 없는 날. 지금보다 더 나빠질 순 없다고 생각되는 날이 있다.

마린은 시트에 주름 하나 가지 않을 정도로 꼼짝도 않고 침대에 엎드려 있었다. 베개에 얼굴을 파묻은 채. 바닥에는 동전 세 개가 흩어져 있었다. 『주역』은 펼쳐진 채 엎어져 있었는데, 짓밟힌 것처럼 표지가 너덜거렸다.

해변에서 돌아온 후, 루시는 시도 때도 없이 마린의 방에 고개를 내밀었다. 한 번은 과일이 담긴 접시를 들고, 한 번은

마시멜로를 잔뜩 띄운 코코아 잔을 들고 있기도 했다. 루시는 소녀가 방에 잘 있는지 확인해야만 했다.

물론 이런 말은 하지 않았다.

"마린, 난 네가 정말 걱정이 돼."

"마린, 네가 어떤 마음인지 잘 모르겠구나. 너무 혼란스러워."

"마린, 네가 그러고 있으니까 마음이 너무 아파."

대신에, 아무 일도 없었다는 듯 평소처럼 대해 주었다. 하지만 그럴수록 소녀는 더 깊이 이불 속을 파고들었다.

사람들은 믿을 수 있는 것들을 의지한다. 마음을 기대고 도움을 받는 것이다. 부모님의 사랑, 꼬리를 흔들며 자기만 쫓아다니는 강아지, 때로는 성가시지만 귀여운 동생, 잘난 척이 심하지만 대신 싸워 주는 오빠…….

마린에게는 이런 것들이 없었다. 자신이 의지할 것은 오로지, 어딘가에 있을 엄마를 다시 만나 함께 살게 되리라는 희망뿐이었다. 『주역』이 자신을 엄마에게 인도해 줄 것이라는 믿음뿐이었다. 하지만 이제 마린은 자신이 의지해 왔던 것이 가짜라는 걸 알게 되었다. 이젠 의지할 것이 아무것도 없다는 생각이 들었다.

침대가 흔들렸다. 옷장에 걸린 옷걸이들이 문에 부딪히며

탕탕 소리를 냈다. 블라인드가 휘청거리며 창문을 두드렸다.

'착한 물건들이구나. 같은 방을 쓰는 내가 걱정돼서 저러는 거야.'

마린은 그렇게 생각했다.

그 순간, 세상의 모든 소리가 터져 나왔다. 많은 자동차에서 경보음이 울려 댔고, 어디선가 철골이 휘어지는 듯 날카로운 소리가 고막을 때렸다.

마린은 튀어 오르듯 일어섰다. 모든 것이 흔들리고, 덜컹거리고, 한꺼번에 사방으로 튀었다. 난폭하게 와장창장. 비명을 지르려고 입을 벌렸지만, 아무런 소리도 나오지 않았다.

"마린!"

루시가 방문을 거칠게 열어젖혔다.

"어서 이리 와! 책상 밑으로 들어가!"

비틀거리며 바닥에 쓰러진 마린은 구겨진 카펫 위를 기어갔다. 바닥이 다시 흔들렸다.

"아악!"

마린이 비명을 지르며 납작 고꾸라졌다. 어느새 다가온 루시가 소녀의 겨드랑이에 양손을 끼워 일으키고는 책상 쪽으로 끌고 갔다. 둘은 책상 아래로 들어가 웅크린 채 서로를 부둥켜안았다.

사방의 벽이 흔들렸고, 창문이 깨져 유리 파편들이 분수대의 물방울처럼 쏟아져 내렸다.

창밖의 하늘에는 온갖 종류의 새들이 퍼드덕거리고 있었다. 끼룩대는 갈매기 떼와 까악 하고 소리를 높이는 까마귀 떼도 보였다. 그 사이로 날갯짓이 어설픈 부엉이 한 마리가 보였다. 새들은 요동치는 땅에서 최대한 멀리 날아가고 있었다.

창문 아래에 있던 장식장이 앞으로 기울어져 서랍들이 전부 열렸다. 그 위에 있던 돼지 저금통이 서서히 모서리 쪽으로 미끄러지고 있었다.

"안 돼!"

마린이 소리쳤다.

돼지 저금통을 잡으려고 튀어 나가려 했지만 루시의 두 팔에 단단히 붙들렸다. 돼지 저금통이 바닥에 떨어져 와장창 깨졌다. 깨진 조각들이 카펫 위로 나뒹굴었다.

"마린, 괜찮아, 괜찮아."

루시는 갓난아기를 안듯이 마린을 껴안고서 앞뒤로 몸을 흔들었다.

"내가 여기 있잖아. 괜찮아, 괜찮아."

땅은 계속 흔들렸고, 도시의 다리들이 휘청거렸다. 백 년이 넘도록 굳게 서 있던 커다란 나무들이 쓰러지자, 밖으로 나온 뿌리에서 흙들이 휘날렸다.

샌프란시스코의 모든 집에서 그림 액자가 떨어져 깨지고, 장식품들이 부서지고, 벽에 금이 가고, 수도관이 터졌다. 거대한 지각판이 요동치자 땅 위의 모든 것이 움직이고 흔들렸다.

그때 사람들은 서로를 꼭 끌어안았다. 가장 중요한 것을 꼭 움켜잡았다.

59
무너진 도시에서

하늘에서 내려다본 도시는 완전히 딴 세상이 되어 버렸다.
도로가 갈라지고 수도관이 터졌다.

어느새 안개가 끼어 도시의 소란을 담요처럼 덮어 주었다.

부엉이는 샌프란시스코의 하늘을 빙빙 돌았다.

무너지는 도시에서 최대한 높이 떠 있기 위해 날개를 활짝
펼쳤다. 다쳤던 날개가 욱신거렸다. 하지만 어딘가에 내려앉
는 건 아직 위험했다.

하늘도 어수선하기는 마찬가지였다.

까마귀들은 겁에 질려 울부짖으며 아무렇게나 날갯짓을

했다. 참새들은 더 이상 올라갈 수 없을 때까지 높이 가기 위해 파다파닥 애를 썼다.

　부엉부엉.

　부엉이는 구슬프게 울었다.

　부엉부엉.

　'위대함이란 한 번도 쓰러지지 않는 게 아니라, 쓰러질 때마다 다시 일어서는 거야.'

60
널 혼자 둘 순 없어

지진처럼 무서운 일도 영원히 계속되지는 않는다. 마침내 흔들림이 멈췄다. 자동차 경보음 소리가 잦아들었다. 대신에, 소방차나 구급차들의 요란한 사이렌 소리가 울려 퍼졌다.

루시가 책상에서 기어 나왔다. 후들거리는 다리로 일어나, 마린에게 손을 내밀어 일으켜 세웠다. 하지만 이내 둘 다 도로 주저앉아 버렸다. 그리고 한참을 끌어안고 있었다.

"이 건물에서 나가야 해."

루시가 마린의 머리카락을 쓸어내리며 말했다.

"가스관이 터질 수도 있으니까."

마린이 고개를 끄덕였다.

루시는 잽싸게 집 안을 돌아다니며 필요한 물건들을 챙겼다. 식량과 물병, 둘의 재킷과 튼튼한 운동화. 그리고 머리를 숙인 채 마린의 방으로 들어가서는 얼마 후에 소녀의 배낭을 들고 나왔다. 핸드폰을 주머니에 넣고 배낭을 멨다. 그리고 둘은 한참 동안 계단을 내려와 건물 밖으로 나왔다.

어느새 안개는 걷혀 있었다. 파랗게 갠 하늘에 태양이 밝게 빛났다. 두 사람은 잠시 멈춰 서서 하늘을 올려다보았다. 새도 없고, 안개도 없고, 비행기도 없고, 아무것도 없었다.

루시의 주머니에서 핸드폰이 울렸다. 루시는 그걸 꺼내 보지도 않은 채 마린의 손을 꼭 잡으며 말했다.

"병원에서 날 찾는 거야. 우린 운이 좋았지만……, 다친 사람들이 많을……."

말끝을 흐리던 루시의 눈에 눈물이 가득 고이더니, 양 볼을 타고 흘러내려 갈라진 길 위로 후드득 떨어졌다.

"하지만 널 혼자 둘 순 없어. 나랑 같이 병원으로 가지 않을래?"

마린은 고개를 끄덕이며 루시를 바라보았다. 새엄마의 볼을 타고 내려와 턱에서 뚝뚝 떨어지는 눈물을 보면서. 그러자 루시의 마음에 있는 빈 방들과 이미 꽉 차 있는 방 하나가 생

각났다. 마린은 루시의 손을 더 꼬옥 잡았다.

"나도 아줌마를 혼자 두기 싫어요."

두 사람은 손을 잡고서 갈라진 길을 피해 걸었다. 아무도 없는 거리에서 강아지들이 짖어 대며 이리저리 뛰어다녔다. 고양이 한 마리는 꼬리를 바짝 세운 채 긴 울음소리를 냈다. 멀리서 소방차들의 사이렌 소리와 경적 소리가 들려왔다. 길 위로 솟아 있는 돌조각들을 조심스레 지나 마지막 모퉁이를 돌자 병원이 보였다. 병원은 부상자들을 향해 문을 활짝 열고 환한 불빛을 비추고 있었다.

"루시 선생님! 와 주셔서 다행이에요. 3층으로 가시면 돼 요."

한 간호사가 달려 나와 루시와 마린을 반겨 주었다.

그들은 안으로 뛰어 들어가 계단을 올랐다. 3층 대기실은 간호사실을 마주보고 있었다. 루시가 마린을 데리고 구석 소 파로 가서 앉았다.

"마린, 난 이제 수술실에 들어가야 해."

루시가 배낭 지퍼를 열어 소녀의 물건을 하나씩 꺼내며 말 했다.

"저기 접수처에 있는 간호사는 비올라야. 필요한 게 있으면 뭐든 부탁해도 돼. 알았지?"

마린은 분홍색 간호사복을 입은 여자를 쳐다보았다. 비올라가 웃는 얼굴로 소녀를 보며 손을 흔들어 주었다.

"수술은 몇 시간쯤 걸릴 거야. 여기 과자랑 책도 좀 챙겨 왔어. 추우면 이 담요를 덮고."

그러고는 마린의 어깨를 감싸며 당부했다.

"네가 꼼짝 않고 여기에 잘 있어 줬으면 좋겠어. 그래야 안심이 되거든. 안전하게 잘 있어 줄 수 있지?"

"그럼요."

"이 약속은 꼭 지켜 줘야 해. 응?"

루시는 마린의 손을 꼭 붙잡았다.

"수술실에는 지금 당장 내 도움이 필요한 사람들이 있어. 그런데 네 걱정을 하게 되면, 그 사람들을 치료해 줄 수 없어."

"여기에 가만히 있을게요."

"그래. 우리 조금 있다 만나자."

루시가 인사를 건네며 마린의 손을 다시 한 번 꼭 잡은 뒤 일어섰다.

"잠깐만요. 이건 뭐예요?"

마린이 매듭지은 테이블보를 쿡쿡 찌르며 물었다.

"아, 그거."

루시는 매듭을 풀어 테이블보를 열어 보였다.

"부서진 돼지 저금통이야. 배낭에 접착제를 챙겨 왔어. 네가 원한다면, 이 조각들을 붙이고 있어도 돼. 아니면 나중에 나랑 같이 해도 되고. 다음에 같이 새 저금통을 사러 가도 되고. 나도 마음이 아파. 너한테 소중한 물건이었는데."

마린은 테이블보 안에 들어 있는 것들을 가만히 내려다보았다. 돼지 저금통의 조각들과 받침대, 5센트짜리 동전, 그리고 한 뭉치의 종잇조각들이 있었다.

"이건 뭐예요?"

마린이 종잇조각 하나를 들어 올리며 물었다.

"돼지 저금통 안에서 나온 것 같아. 마린, 난 이제 가 봐야 해. 이따 보자."

마린은 고개를 끄덕였다. 루시가 이마에 뽀뽀를 해 주는 감촉이 느껴졌고, 잠시 후 그녀가 문을 밀고 수술실로 들어가는 소리가 들렸다. 하지만 사실은 제대로 느껴지지도, 제대로 들리지도 않았다.

지금 자신의 손에 들린 종잇조각이 무엇인지 깨닫게 된 마린은 잠시 정신이 멍해져 있었다.

그건 소원들이었다.

61

엄마의 마지막 소원

지금부터 남미 땅이 나올 때까지 쉼 없이 계속 달려가고 싶어.

구름까지 두둥실 떠올라. 다시는 내려오지 않았으면 좋겠어.

엄마가 되는 법을 알고 싶어.

자유로워지고 싶어.

서머의 글씨는 비뚤비뚤 아무렇게나 휘갈겨 쓴 것이었다. 하지만 글자에 담겨 있는 마음이, 종이를 타고 흘러 마린의 손끝으로 전해지는 것 같았다.

이건 엄마가 쓴 글이었다. 엄마의 소원이었다. 칠 년 전쯤, 마린을 떠나기 전에 쓴 것이었다. 마린은 쭈글쭈글한 종잇조각을 하나씩 조심스레 펼쳐 보았다.

사이프러스나무 꼭대기에 올라가 구름을 먹고,
촉촉하고 깨끗한 공기만 마시면서 살고 싶어.
우리 딸을 행복하게 해 줄 수 있었으면 좋겠어.
내가 어떻게 해야 할지 알고 싶어.

마린은 항상 이런 생각을 했다. 엄마는 잠시 혼란스러웠던 것뿐이라고. 뭘 원하는지, 어디에 있어야 할지 몰라서 자신을 두고 떠난 거라고. 하지만 종이에 적힌 글은 자신이 뭘 원하는지 모르는 사람의 소원이 아니었다. 원하는 게 뭔지 잘 알고 있는 여인의 소원이었다. 딸을 버리는 끔찍한 일을 저질러야만 원하는 것을 얻을 수 있다고 생각한 서머의 소원이었다.

바다 한가운데까지 헤엄쳐 가서,
만타가오리 떼가 만들어 내는 파도에 둘러싸여
물 위로 떠오르고 싶어.
모든 걸 버리고 떠날 수 있었으면 좋겠어.

마린에게 나보다 더 나은 걸 주고 싶어.

세상에는 열한 살짜리 소녀가 이해하기 어려운 일들이 많다. 예를 들어, 어떤 사람들은 엄마가 되는데, 어떤 사람들은 엄마가 되지 못할까? 왜 어른들은 평생 후회하게 될 일을 저지르는 걸까?

하지만 엄마의 마지막 소원은 이해할 수 있었다.

마린에게 나보다 더 나은 걸 주고 싶어.

마린은 자리에서 일어나 깨진 저금통을 한 조각 한 조각씩 쓰레기통에 버렸다. 소원이 적힌 종잇조각들도 함께. 마지막 하나만 남겨 놓고. 마지막 소원은 루시가 배낭 앞주머니에 챙겨 온 『주역』 안에 끼워 넣었다. 엄마의 마지막 소원은 간직하고 싶었다.

마린은 어쩌면 평생 동안 엄마를 이해할 수 없을지도 모른다. 그래도 한 가지는 엄마와 생각이 같았다. 마린도 자기 자신에게 더 나은 뭔가가 주어지길 바랐다.

62

펼쳤다가 접었다가 펼쳤다가

흙먼지가 가라앉고 삐걱거리던 건물들이 잠잠해졌다. 도시 위를 크게 돌던 부엉이는 천천히 아래로 내려갔다. 다쳤던 날개가 너무 아팠다. 갑자기 거친 바람이 몰아쳤다. 부엉부엉. 부엉이는 재빨리 날갯짓을 하며 균형을 잡았다.

부엉이는 스승님이 세상을 떠난 후로 줄곧 루시의 아파트가 있는 구역에서 살아왔다. 다행히 이 구역은 큰 피해를 입지는 않은 것 같았다. 새 건물들은 여기저기 창문이 좀 망가졌을 뿐 부서진 데는 없었다. 하지만 낡은 집들은 기울어져 위태롭게 보였다. 지붕이 내려앉은 몇몇 집들도 눈에 띄었다.

부엉이는 건물 꼭대기에 이르러서야 자신의 보금자리인 연통이 부서진 것을 발견했다. 이제는 그 안에서 살 수 없게 되었다.

건물 맞은편 아파트로 고개를 돌려 소녀의 방을 살펴보았다. 창문은 깨져 있었고, 방 안은 어두컴컴했다. 사람의 움직임도 없었다.

부엉부엉, 부엉이는 생각했다. 부엉부엉. 한낮에 밖에 나와 있는 건 위험했다. 숲으로 가려면 지금 당장 떠나야 했다. 지진이 일어나는 동안 하늘에서 계속 날갯짓을 하느라 많이 지쳐 있었다. 숲까지 가려면 중간중간 계속 멈춰서 쉬어 줘야 한다.

부엉이는 날개를 펼쳤다. 그러다 이내 다시 접었다.

'내가 떠나면 누가 어린 새를 지켜봐 줄까?'

발을 떼고 거리 위를 미끄러지듯 날아, 소녀의 방 창턱에 내려와 앉았다. 방은 비어 있었다.

원래 부엉이는 고독을 즐기는 새다. 모두가 잠든 한밤중에 어둠 속을 돌아다니길 좋아한다. 창턱이 반질반질한 돌로 되어 있어 자꾸만 미끄러지자, 부엉이는 발톱을 구부렸다. 이런 창턱에 앉아 자신의 모습을 사람들에게 보이는 것은 위험한 짓이었다. 확실히 위험했다. 그러니 지금 떠나야 했다. 부엉이는 날개를 펼쳤다. 그런데 또다시 접어 버렸다. 소녀가 괜찮은지 확인하기 전에는 떠날 수 없었다.

부엉이는 생각했다.

'부엉부엉. 친절하게 행동하되, 보답을 바라지는 말자.'

63
평온을 되찾다

두 물체가 닿으면 마찰력이 생긴다. 마찰력이 점점 커지면 마침내 땅이 뒤흔들린다. 길고 지루하게.

자꾸만 부딪쳐 서로 부수어 대던 북아메리카판과 태평양판은 이제 서로를 스쳐 지나고 있었다. 훗날 다시 충돌하고 마찰력이 커지면 또다시 도시를 뒤흔들 것이다.

일단 지금은, 땅이 평온을 되찾았다. 그 위에 사는 생명체들은 한동안 안정된 생활을 이어 갈 수 있을 것이다.

64
문 너머 소녀를 위해

루시는 마음속에 숨겨 둔 상처가 터져 버린 것 같았다. 지진을 겪을 때마다 그랬다. 평소에는 잃어버린 것에 대해 마음을 쓰지 않고 지냈다. 하지만 이렇게 땅이 흔들린 날이면 슬픔을 감출 수 없었다.

긴 수술들이 이어졌다. 마음속 상처 때문에 너무 힘들었지만, 수술은 꼭 해야만 했다. 수술실 밖에서는 보호자들이 좋은 소식을 기다리고 있었다. 책임감이 강한 루시는 밤 열두시가 넘도록 수술실을 떠날 수 없었다.

기나긴 밤이 지나갔다. 루시와 마린은 천천히 걸어서 집으

로 돌아왔다. 오븐이 작동되는지 확인하지 않았다. 차 한잔을
끓여 마실 기운도 없었다. 루시의 아파트는 안전하다는 판정
을 받았다. 지금 중요한 것은 그뿐이었다. 오늘 밤에 마린은
루시의 방에서 그녀와 함께 자기로 했다.

루시가 마린의 어깨까지 이불을 덮어 주며 물었다.

"돼지 저금통은 고쳤어?"

"아니요. 그건 제 물건이 아니었어요. 우리 엄……. 서머 그
린 씨의 물건이죠."

루시는 고개를 끄덕였다.

"그 얘기……, 나한테 들려줄 거야?"

"아니요."

마린이 대답했다.

"길다 복지사님께 할 얘기가 있어요. 내일 전화 걸어도 돼
요?"

루시는 서둘러 천장을 보며 눈을 끔뻑였다. 그리고 열린 문
밖으로 얼굴을 돌리며 계속 눈을 깜빡였다. 눈물 때문이었다.

"당연히 되지."

그녀는 겨우 대답하고는 마린의 어깨를 쓰다듬어 주고서
방을 나왔다. 심장이 고장 난 것처럼 너무 아팠다. 루시는 등
뒤로 문을 닫고 컴컴한 거실에서 가만히 눈물을 흘렸다.

자기 자신을 위해 흘리는 눈물이었다. 사랑했던 사람의 죽음으로 슬픔을 견뎌야 했던 자기 자신을 위해. 그리고 자신의 딸이 될 것이라 굳게 믿는, 문 너머에 있는 소녀를 생각하며 울었다.

65

지킬 수 없는 다짐

길다 블랙본은 사무실을 나와 엘리베이터를 탔다. 눈앞에서 문이 휙 하고 닫히자 머리카락이 뒤로 흩날렸다. 엘리베이터는 1층으로 향했다. 구릿빛으로 반짝이는 문에 그녀의 얼굴이 비쳤다. 고민에 빠진 듯 심각한 표정을 짓고 있었다.

마린이 가출한 일에 대한 보고서는 이미 써 두었다. 지진이 일어나지 않았다면 벌써 제출했을 것이다. 지진 때문에 모든 업무가 중단되었다. 상황이 좀 나아지고 다시 출근하는 대로 곧장 보고서를 제출할 생각이었다.

길다는 감정에 휘둘리는 사람이 아니었다. 규정을 잘 지켰고, 예외를 두는 법이 없었다. 마린의 가출을 없었던 일로 그냥 넘겨서는 안 된다고 굳게 다짐했다.

그럴 순 없지, 그럴 순 없고말고.

땡 소리와 함께 엘리베이터 문이 활짝 열렸다. 길다는 흰 장갑을 낀 도어맨의 인사를 받으며 밖으로 나가면서, 점점 자신이 없어졌다. 그토록 굳은 다짐을 지킬 수 없을 것 같다는 생각이 들었다.

66

이리 들어올래?

　마린의 방에는 반나절 동안 창문 대신 하늘로 뻥 뚫린 구멍이 나 있었다. 루시는 자잘하게 깨진 유리들을 깨끗이 치운 다음, 곧장 유리 회사에 전화를 걸었다.

　잠시 동안 새로운 창문이 생겼다. 방충망이 없는 미닫이창이었다. 지금은 이게 유리 회사에서 해 줄 수 있는 최선의 조치였다. 창문이 깨진 집들이 한두 곳이 아니었기 때문에 엄청난 주문 전화가 걸려 온 것이다. 제대로 된 창을 달려면 꽤 오래 기다려야 했다.

　루시가 잠잘 때에는 창문을 닫아야 한다고 일러뒀기 때문에, 마린은 그러겠다고 약속은 했다. 하지만 소녀는 창문을 열어 둔 채 잠이 들어 버렸다. 밤새 안개가 들어와, 소녀의 양 볼에 촉촉한 공기가 스며들었다. 아침에 쓰레기차의 시끌벅 적한 소리에 잠이 깼다. 덕분에 길 건너 창문들에 반사되는 일출을 감상할 수 있었다.

지진이 일어난 지 삼 일째 되던 날 밤이었다. 마린은 그제야 창턱에 뭔가가 있다는 걸 알아챘다. 한밤중에 뭔가 소리가 나서 잠이 깼다. 날개가 푸드덕 하는 소리가 난 것 같기도 했다. 날카로운 발톱이 돌을 딱딱 치는 소리가 난 것 같기도 했다.

소녀는 졸음이 가득한 눈을 비비며 창문 쪽을 살펴보았다. 달빛이 창가를 환하게 비추고 있었다. 그리고 창 중앙에 커다 랗고 어두운 그림자가 있었다.

마린이 휘둥그레진 눈으로 그림자를 쳐다보았다. 건너편에 서 둥그런 눈 두 개가 끔뻑이며 소녀를 마주보고 있었다.

"안녕."

마린이 침착하게 인사를 건넸다.

"부엉부엉."

부엉이가 대답했다.

마린은 일어나 앉아 다시 눈을 비볐다. 열린 창문 밖에는 정말로 커다란 새가 앉아 있었다. 창턱을 움켜쥐고 있는 발톱이 보였다. 새가 날개를 펼쳐 푸드덕거렸다. 한쪽 날개가 다른 쪽보다 살짝 내려가 있었다.

"한쪽 날개가 아프구나. 그래서 쉬고 있는 거야?"

소녀는 옆방에서 자고 있는 루시가 깨지 않게 작은 목소리로 속삭였다.

깃털 하나가 건물 아래로 하늘하늘 떨어졌다. 마린은 처음엔 겁을 먹었지만, 떨어지는 깃털을 보자 부엉이가 불쌍하다는 생각이 들었다. 두려운 마음은 저만치 사라졌다. 소녀가 이불을 젖히며 물었다.

"이리 들어올래? 싫어? 먹을 거라도 좀 줄까? 그런데 우리 집에 네가 좋아할 만한 쥐나 땅다람쥐 같은 건 없는데 어쩌지……."

부엉이가 한 발씩 움직이며 창턱을 다시 움켜쥐었다.

"아니면 책을 읽어 줄까?"

"부엉부엉."

부엉이가 대답했다.

마린은 책상 서랍에서 『주역』을 꺼내 의자에 앉았다. 발을 의자에 올리고 무릎을 가슴께로 잡아당겨 책을 받쳤다. 처음부터 끝까지 수도 없이 본 책이라, 딱히 집중하지 않아도 술술 읽어 내려갈 수 있었다. 마린은 갑자기 궁금해졌다.

'저 깃털을 만지면 어떤 느낌일까? 저 커다란 날개가 하늘을 날 땐 어떻게 움직일까? 그나저나 부엉이가 내 방 창문에서 뭘 하고 있던 거지?'

소녀는 책과 부엉이를 번갈아 보다가, 한 가지 생각이 떠올랐다.

'창고에 있는 사과 상자로 창문 밖에 집을 만들어 줄까? 그럼 부엉이가 거기서 살까?'

다음날 아침, 마린은 해가 뜬 것도 모르고 쓰레기차가 쿵쾅쿵쾅 끼익 소리를 내는 것도 모른 채 잠에 푹 빠져 있었다. 그러다 눈을 떴을 때, 창턱에는 아무것도 없었다. 그저 햇빛이 눈부시게 쏟아지고 있었다.

'꿈을 꾼 걸까?'

마린은 어쩌면 전부 꿈이었는지도 모르겠다고 생각하며 얼떨떨하게 앉아 있었다. 그러다 창턱 끝에 있는 깃털을 발견했다. 웃는 모양처럼 양 끝이 올라간 모양의 깃털이었다.

67

하나의 뼈

정부 기관들은 뭔가 결정을 내리는 데 엄청난 시간이 걸린다. 소식을 기다리는 사람들에게는 며칠이 몇 주처럼 느껴진다. 몇 시간이 영원처럼 길게 느껴지기도 한다.

루시와 마린은 도시가 훤히 내려다보이는 높은 창문 앞에서 있었다. 루시는 긴장을 풀기 위해 카모마일 차를 홀짝였다. 마린은 기다란 컵에 담긴 우유와 초콜릿 시럽을 티스푼으로 휘저었다.

"길다랑 무슨 얘기 했는지 말해 줄 수 있어?"

루시가 물었다.

마린은 티스푼을 멈춰 세우고 새엄마를 올려다보았다.

"복지사님한테 설명해 드렸어요. 루시 아줌마와 나는 하나의 뼈였는데, 큰 사고로 부러졌다가, 서로 다시 붙으려는 중이라고요. 뼈가 양쪽에서 동시에 자라나고 있으니까 이전보다 더 튼튼해질 거라고요."

루시는 아무 말 없이 차만 마셨다. 가슴이 벅차오르고 목이 메었다.

"그게 맞아요? 의학적으로 말이에요. 제가 맞게 이해한 거예요?"

마린이 소곤소곤 물었다.

루시가 고개를 끄덕였다.

"아주…… 정확하게…… 이해했구나, 마린."

루시는 목소리가 흔들렸고 말을 잇기가 어려웠지만, 미소를 지으며 대답해 주었다.

68
지금 이대로가 좋아요

"창문을 고치는 사람들은 언제 다시 와요?"

마린이 설탕 묻은 시리얼바를 먹으며 물었다.

"음, 아마 다음 주나 돼야 올 거야. 시내에 깨진 유리창이 많아서 아주 바쁜가 봐. 네 방에 단 미닫이 창문이 불편하니?"

루시는 자신이 보호자로서 뭔가 실수를 저지른 건 아닐까 걱정스러웠다.

'방충망이 없어서 위험할까? 아동보호국에서 이걸 알면 마린을 빼앗아 갈까?'

그녀는 불안한 마음을 달래며 말을 이었다.

"일단 창문에 두꺼운 판지라도 박아 놓자."

"안 돼요!"

마린은 입에 든 걸 얼른 씹어 삼켰다.

"지금 이대로가 좋아요."

루시는 머그잔을 입술 가까이 대고 차를 후후 불었다.

"사실은 유리창 말고, 지금 있는 미닫이창을 계속 달고 있으면 안 되나 해서요. 가끔 열어 볼 수 있게요."

루시는 차를 한 모금 홀짝였다. 마린의 볼이 살짝 발그레해졌다. 보호자로서 마린을 주의 깊게 관찰해 온 그녀는 소녀의 표정이 뭔가를 의미하고 있다는 것을 알아차렸다. 정확히 꼬집어 말할 순 없었지만.

"한 번 생각해 볼게."

초인종 소리가 울렸다. 루시는 머그잔에 뚜껑을 덮었다. 그리고 서류 가방을 멘 다음, 재빨리 현관문을 열어 앨리스를 맞아 주었다. 그녀가 마린에게 고개를 돌려 물었다.

"지금은 병원에 가 봐야 하지만, 내일은 휴가를 받았어. 같이 해변에 놀러 갈까?"

마린은 아주 열정적으로 고개를 끄덕이더니, 스툴 의자에서 뛰어내려 출근하는 새엄마를 안아 주었다. 루시가 1층으로 내려가는 동안, 마린은 창가로 뛰어갔다. 평소 같으면 루시가 나타나고 몇 걸음 만에 모퉁이를 돌아 사라진다.

그런데 이날 루시는 마린의 방 창문의 아래쪽에 있는 길에 멈춰 섰다. 뭔가를 보려고 무릎을 굽혔다. 깃털이 뭉쳐진 작은 덩어리였다. 새똥이었다. 그녀는 마린의 방 창문으로 고개를 들어 눈을 가늘게 뜨고 자세히 살펴보았다. 거기에 사과 상자가 자리잡고 있었다.

루시가 모퉁이를 돌기 전에 손을 흔들어 보이자, 마린도 힘차게 손을 흔들었다. 소녀의 두 볼이 새빨개져 있었다.

69
판사의 결정

법정에는 배심원석도, 방청석도 비어 있었다. 길다 블랙본은 거센 바람을 맞아 너덜너덜해진 서류철을 펼쳤다. 그리고 서류를 하나씩 판사에게 건네주었다. 하나는 마린을 키우고 싶어 하는 친척이 한 명도 없다는 사실을 증명하는 서류. 또 하나는 루시 챙이 능력 있고 보호자로서 적합하며, 마린을 진심으로 입양하고 싶어 한다는 의견이 적힌 서류.

길다는 서류철을 덮고, 두 손을 앞으로 해서 깍지를 꼈다. 그동안 자신을 짓누르던 압박감에서 자유로워진 듯한 기분이 들었다. 공무원으로서 인정사정없이, 엄격하게 규정을 지켜야 한다는 압박감에서 말이다. 모든 것이 너무도 보람찼다. 사회복지사 일을 시작한 이래 처음 느껴 본, 짜릿한 만족감이었다.

판사가 날카로운 눈빛으로 길다를 보며 물었다.

"당신이 제출한 서류를 보면 챙 씨가 마린을 입양할 수 있는 자격이 완벽하군요. 고려해야 할 만한 문제가 하나도 없다는 건가요? 특이 사항은요? 지금까지 아동을 보호해 오면서 규정을 어긴 적도 없었나요?"

"없었습니다, 존경하는 재판장님. 저로서도 처음 보는 입양 사례였습니다. 완벽한 엄마와 딸이었습니다."

길다 블랙본이 아니었다면, 판사는 좀 더 지켜본 후에 입양을 결정하자고 했거나 다른 결정을 내렸을지도 모른다. 판사는 길다가 규정을 철저하게 지키는 사회복지사라는 것을 잘 알고 있었기 때문에, 그녀의 의견을 귀담아 들었다.

판사가 입양을 허락하면서 판결봉을 내리쳤다. 입양 서류에 서명도 했다.

마침내, 루시와 마린은 가족이 되었다.

70
부엉이를 키워도 돼요?

길다는 기쁜 소식을 직접 전해 주기 위해 루시의 아파트로 갔다. 거실에서 부드러운 카펫 위로 하이힐을 벗어던지고 편안하게 발가락을 까딱거렸다.

"다 같이 축하해요!"

탄산이 들어간 사과 주스의 코르크 마개를 따자 퐁 소리가 났다. 길다는 규정 따위는 집어던지고, 마린과 루시를 부둥켜안았다.

루시가 크리스털 잔을 꺼내 왔다. 길다는 금빛 거품이 나는 사과 주스를 잔에 가득 따랐다. 세 사람은 잔을 들고 건배를 했고, 주스를 시원하게 들이켠 다음 서로를 바라보며 함께 웃었다.

천장이 높은 이 집의 벽 색깔은 달라진 게 없었다. 가구들도 길다가 마지막으로 봤던 그대로 놓여 있었다. 새로 넣은 유리창은 예전처럼 단단해 보였다. 그런데도 집 분위기가 완전히 달라진 것처럼 느껴졌다. 따뜻했다. 이제 텅 빈 느낌은 전혀 들지 않았다. 오히려 그 반대였다.

잔에서 탄산 거품이 잦아들었을 때, 마린이 루시를 바라보았다.

"그동안 생각해 봤는데요……."

"뭘?"

루시가 물었다.

"집에서 고양이 말고, 부엉이를 키워도 돼요?"

71
온 마음을 다해

바깥 창턱에서는 부엉이가 눈을 뜬 채 깊어 가는 어둠을 맞이하고 있었다. 안개 낀 밤이라 먹이를 사냥할 순 없었다. 그래도 깃털을 고르면서 풍경을 감상하기에 아주 좋은 밤이었다. 물기를 잔뜩 머금은 공기에 깜빡이는 불빛들이 뿌옇게 번져 가는 도시의 밤 풍경을.

스승님이 생각났다. 늙고 약해진 스승님은 부엉이를 몇 번이나 숲속으로 보내려고 했다. 그가 살 곳은 숲속뿐이라고 생각했다. 하지만 부엉이는 언제나 스승님에게 돌아왔다. 스승님이 죽어 가는 마지막 순간도 함께했다. 오랫동안 부엉이를 돌봐 준 스승님은 그가 지켜보는 가운데 편안히 숨을 거두었다.

부엉이는 집 안에 있는 소녀를, 그녀가 선택한 엄마를 생각했다.

소녀는 이제 안전했다. 새로운 보금자리에 완전히 자리를 잡았다. 부엉이는 이대로 창턱을 떠날 수도 있었다. 하지만 그는 이미 둘 중 하나를 선택했다. 깃털에 내려앉은 물기를 털어 내고, 보송하게 올라온 솜털 사이로 부리를 넣었다.

스승님의 가르침을 되새겼다.

"어디를 가든 온 마음을 쏟아야 한다."

부엉이는 결심했다. 이곳에 남아 소녀에게 마음을 다하기로.

부엉부엉.

옮긴이의 말

　세상에 멈춰 있는 것은 없습니다. 모든 것은 끊임없이 변합니다. 시시각각 멀어져 가는 과거에 발목을 묶어 놓으면, 흐름을 못 이기고 쓰러질 뿐입니다.

　마린이 그랬습니다. 그녀를 낳아 준 엄마는 아이를 키울 수 없는 상태였고, 대신 들어간 위탁 가정에서도 진심 어린 보살핌을 받지 못했습니다. 그래서 언젠가 친엄마가 자신을 데리러 올 거라는 희망만을 생명줄처럼 붙든 채, 의견도 소리도 부피도 없는 투명인간처럼 살아가고 있었죠.

　그러던 어느 날, 루시라는 의사가 마린을 입양하겠다고 나

섭니다. 두 사람은 입양이 확정되기 전에 서로 잘 맞는지 알아보는 시범 기간을 갖게 되죠. 첫날 저녁 식사 시간은 정말이지 숨이 막힙니다. 대화는 자꾸 엇나가고 의도치 않게 상처도 줍니다. 이때 두 사람은 함께 있되, 진정으로 함께 있지는 않은 상태였습니다.

가족이 아니었던 두 사람이 가족이 되는 과정은 쉽지 않습니다. 마린은 친엄마를 찾겠다는 집념을 포기하지 않았고, 루시는 아이들과 가까이 지내 본 적이 없어 여러모로 어색하고 서툴렀죠. 하지만 진심은 통하기 마련입니다. 루시는 안타깝지만 기능을 못 하게 된 콩팥 대신 새로 이식되는 콩팥이 되고 싶다는, 참으로 의사다운 설명으로 자신의 마음을 표현합니다. 마린은 자신의 엄마가 되길 간절히 원하는 사람과 산다는 건 어떤 기분일지 처음으로 곰곰이 생각해 보게 되죠.

하지만 친엄마를 만나려고 메모 한 장 달랑 남겨 놓고 떠나는 마린. 새파랗게 질려 그녀를 찾으러 가는 루시. 그들의 발밑에서 지진을 준비하는 거대한 땅덩어리. 많은 아픔과 진통을 겪고 나서, 두 사람은 부러졌던 뼈가 다시 붙듯 서로를 향해 자라나며 단단해져 갑니다. 나를 걱정해 주는 사람, 나와 함께 있어 주는 사람에게 사랑을 받은 마린은 아직 잘 이해가 가지 않지만 친엄마의 선택을 받아들일 만큼 성숙해지

죠. 창밖의 부엉이를 방 안으로 들여 가족으로 품어 주기까지
합니다. 이렇게 서로 뚝뚝 떨어져 있던 점들이 하나로 이어지
면 면적이 발생하고, 부피가 발생합니다. 기적 같은 일이죠.

부엉이의 스승님이 말씀하셨듯이 '위대함이란 한 번도 쓰
러지지 않는 게 아니라, 쓰러질 때마다 다시 일어서는 것'인
가 봅니다. 그리고 가족이야말로, 사랑이야말로 다시 일어설
힘이 되어 주죠. 누군가에게 가족이 되어 주는 건 그래서 더
욱 눈물처럼, 보석처럼 빛나는 일인 것 같습니다.

최지원